Tucholsky   Wagner   Zola   Scott   Sydow   Schlegel
Turgenev   Wallace   Fonatne   Freud
Twain   Walther von der Vogelweide   Fouqué   Friedrich II. von Preußen
Weber   Freiligrath   Frey
Fechner   Fichte   Weiße Rose   von Fallersleben   Kant   Ernst   Frommel
Richthofen
Engels   Fielding   Hölderlin
Fehrs   Faber   Flaubert   Eichendorff   Tacitus   Dumas
Eliasberg   Ebner Eschenbach
Feuerbach   Maximilian I. von Habsburg   Fock   Zweig
Ewald   Eliot   Vergil
Goethe   Elisabeth von Österreich   London
Mendelssohn   Balzac   Shakespeare
Lichtenberg   Rathenau   Dostojewski   Ganghofer
Trackl   Stevenson   Doyle   Gjellerup
Mommsen   Tolstoi   Lenz   Hambruch
Thoma   von Arnim   Hanrieder   Droste-Hülshoff
Dach   Verne   Hägele   Hauff   Humboldt
Reuter   Rousseau   Hagen   Hauptmann   Gautier
Karrillon   Garschin
Damaschke   Defoe   Hebbel   Baudelaire
Descartes   Hegel   Kussmaul   Herder
Wolfram von Eschenbach   Schopenhauer   Rilke   George
Darwin   Dickens
Bronner   Melville   Grimm Jerome
Campe   Horváth   Aristoteles   Bebel   Proust
Bismarck   Vigny   Barlach   Voltaire   Federer   Herodot
Gengenbach   Heine
Storm   Casanova   Tersteegen   Grillparzer   Georgy
Chamberlain   Lessing   Langbein   Gilm
Brentano   Gryphius
Strachwitz   Claudius   Schiller   Lafontaine
Bellamy   Schilling   Kralik   Iffland   Sokrates
Katharina II. von Rußland   Gerstäcker   Raabe   Gibbon   Tschechow
Löns   Hesse   Hoffmann   Gogol   Wilde   Vulpius
Luther   Heym   Hofmannsthal   Klee   Hölty   Morgenstern   Gleim
Roth   Heyse   Klopstock   Kleist   Goedicke
Luxemburg   Puschkin   Homer   Mörike
La Roche   Horaz   Musil
Machiavelli   Kierkegaard   Kraft   Kraus
Navarra   Aurel   Musset   Lamprecht   Kind
Nestroy   Marie de France   Kirchhoff   Hugo   Moltke
Laotse   Ipsen   Liebknecht
Nietzsche   Nansen   Marx   Lassalle   Gorki   Klett   Ringelnatz
von Ossietzky   May   Leibniz
vom Stein   Lawrence   Irving
Petalozzi   Platon   Knigge
Sachs   Pückler   Michelangelo   Kafka
Poe   Kock
de Sade   Praetorius   Mistral   Liebermann   Korolenko
Zetkin

Der Verlag tredition aus Hamburg veröffentlicht in der Reihe **TREDITION CLASSICS** Werke aus mehr als zwei Jahrtausenden. Diese waren zu einem Großteil vergriffen oder nur noch antiquarisch erhältlich.

Symbolfigur für **TREDITION CLASSICS** ist Johannes Gutenberg (1400 — 1468), der Erfinder des Buchdrucks mit Metalllettern und der Druckerpresse.

Mit der Buchreihe **TREDITION CLASSICS** verfolgt tredition das Ziel, tausende Klassiker der Weltliteratur verschiedener Sprachen wieder als gedruckte Bücher aufzulegen – und das weltweit!

Die Buchreihe dient zur Bewahrung der Literatur und Förderung der Kultur. Sie trägt so dazu bei, dass viele tausend Werke nicht in Vergessenheit geraten.

Der Untermensch und andere Satiren

Rudolf Presber

Impressum

Autor: Rudolf Presber
Umschlagkonzept: toepferschumann, Berlin

Verlag: tradition GmbH, Hamburg
ISBN: 978-3-8424-9246-2
Printed in Germany

Ziel der TREDITION CLASSICS ist es, tausende deutsch- und fremdsprachige Klassiker wieder in Buchform verfügbar zu machen. Die Werke wurden eingescannt und digitalisiert. Dadurch können etwaige Fehler nicht komplett ausgeschlossen werden. Unsere Kooperationspartner und wir von tredition versuchen, die Werke bestmöglich zu bearbeiten. Sollten Sie trotzdem einen Fehler finden, bitten wir diesen zu entschuldigen. Die Rechtschreibung der Originalausgabe wurde unverändert übernommen. Daher können sich hinsichtlich der Schreibweise Widersprüche zu der heutigen Rechtschreibung ergeben.

Text der Originalausgabe

Der Untermensch

und andere Satiren.

Von

Rudolf Presber.

Leipzig
Druck und Verlag von Philipp Reclam jun.
um 1916

Inhalt

Der Untermensch.

Als »Übermensch« ist nicht mehr viel zu holen. Selbst nicht, wenn man sich »Über-Mensch« schreibt. Die Konkurrenz ist zu groß. Es gibt eben schon gar zu viele Über-Menschen. Na und erst die Übermenschen, die sind schon so häufig, wie die Hummern bei Helgoland!

Ich will ja nicht gerade sagen, daß so ein Übermensch, der seinen Zarathustra gelesen hat und sich redlich bemüht, danach zu leben, gerade überall und zu allen Zeiten ein Übermensch zu sein braucht. Ach nein. Ich habe solche Übermenschen sich recht allgemein menschlich, wenn ich so sagen darf, recht »durchschnittlich« benehmen sehen. Ein »Wischer« von oben – denn auch für den Übermenschen gibt's, so wenig man's glauben sollte, noch ein Oben – oder eine versalzene Suppe, oder ein hohler Zahn haben plötzlich alle hohen Empfindungen in ihm getötet. Er ist wieder Mensch, ganz gewöhnlicher Mensch, sogar ohne bestimmte Abzeichen einer begnadeten Individualität. Er schneidet Gesichter – wie ein Mensch. Er schimpft – wie ein Mensch. Er flucht – wie ein Mensch. Und nicht einmal wie ein besonders begabter.

Solche Übermenschen sind mir stets ein Hauptspaß gewesen. Ich nenne sie »partielle Übermenschen.« Sie haben ihr ganz kleines, engumzirkeltes Gebiet, auf dem sie Übermenschen sind, eine imponierende Mischung von Genie und Verruchtheit. Auf allen anderen Gebieten sind sie arme Narren, die sich drucken und ducken und im Leben nicht mucken.

Da ist zum Exempel der »häusliche Übermensch.« Er ist irgendwo ein kleiner Angestellter, der nichts zu sagen und nichts zu bedeuten hat. Er kann sich von seinem knappen Gehalt nur alle drei Jahre einen neuen Paletot kaufen. Er wechselt dann ab: drei Jahre trägt er einen Sommer-Paletot und friert darin in den Weihnachtstagen, wie ein Schneider; die drei folgenden Jahre trägt er einen Winterpaletot und schwitzt im Frühjahr darin, wie ein Suahelineger.

Auf dem Bureau hat er neben seinem Haufen Arbeit nur eine Pflicht: den Mund zu halten. Er hat zwei direkte Vorgesetzte, die häufig wechseln. Aber es trifft sich immer so, daß der eine davon ein aufgeblasener Esel ist, der den armen, schlechtgenährten Kerl, der um sein karges Brot zittert, siebenmal im Tag anschreit, ihm dreimal mit Entlassung droht und ihm alle unangenehmen Arbeiten zuschustert.

Im Wirtshaus, das er an Sonn- und Feiertagen besucht, um in ein paar fettigen, illustrierten Journalen zu blättern, behandeln ihn die Kellner wegwerfend und argwöhnisch, wie einen Zechpreller, weil er nur fünf Pfennig Trinkgeld gibt und in einer zweistündigen Sitzung nur einen Schnitt konsumiert.

Aber – zu Hause!

Ja, zu Hause! Da ist er eben der Übermensch.

Er hat eine schmächtige, kleine Frau, glatt und reizlos, die aussieht, als hätte sie viele Jahre in einer alten Kiste zwischen sporfleckigen Folianten eingequetscht und vergessen gelegen. Es käme kein Mensch auf den Einfall, daß dieses kümmerliche Wesen einmal jung gewesen sein könne. Aber sie altert auch eigentlich nicht. Sie bleibt immer, was und wie sie war: blaß, platt, das Gesicht übersät von Sommerflecken, mit einem armen schmalen Mund und den flehenden Augen des getretenen Hundes.

Ihren Mann betet sie zitternd an. Lieben – nein, das ist kein Wort dafür. Wenn er sie mit einer Zärtlichkeit, einer flüchtigen Liebeswallung beehrt, so klopft ihr armes Herzchen im Takt: Mahadöh, der Herr der Erde, Kommt herab zum sechstenmal . . .

Das schöne Käthchen von Heilbronn ist nicht so demütig vor seinem hohen Herrn gewesen, wie diese gedrückte, sommersprossige kleine Frau vor ihrem Eheherrn, der doch außerhalb seiner vier Wände ein armer Teufel ist, den kein Mensch ernst nimmt.

Zu Hause aber hat er Macht und Größen Ja, er hat sogar eine »Vergangenheit.«

Er deutet das nur an; er redet nie in klaren Worten darüber. Aber »die Weiber« haben in seinem Leben eine große Rolle gespielt; das erfährt sie oft. Er wäre beinahe an ihnen zugrunde gegangen. Gottlob, nur beinahe! Da fand er den Retter Nietzsche. »Wenn du zum Weibe gehst, vergiß die Peitsche nicht!« las er. Er las es und stammelte nach. Das rettete ihn. Die kleine Frau denkt zitternd, was aus dem Herrlichen geworden wäre, wenn er Nietzsche und die Peitsche nicht gefunden hätte.

Nicht, daß er sie selbst schlägt – o nein. Die Peitsche ist nicht so wörtlich zu nehmen; er gibt das zu. Er straft mit den Augen. Seine Blicke peitschen; und seine zornigen Worte, aus denen die tiefe Verachtung der niedrigen weiblichen Psyche spricht, geißeln . . .

Seine ganze Philosophie baut sich auf diesem einzigen, krampfhaft vom Gedächtnis umklammerten Satze auf. Über Gott und Welt, über Zeit und Ewigkeit denkt er nicht weiter nach. Er hat nur den einen Stolz: ein Mann zu sein, und als Mann ein Übermensch, der mit der Peitsche zum Weibe geht.

Er gedenkt die Lehre Nietzsches in dieser Richtung »auszubauen.« Demnächst. Nietzsche hat mit der Peitsche gezüchtigt; er aber wird mit Skorpionen züchtigen.

Nur vorerst – er hat zu wenig Zeit; zu wenig frische, unverkümmerte Arbeitslust. Das Bureau nimmt ihm alle guten Stunden. Und er ist die Seele dieses Bureaus. Vorgesetzte – pah, er und Vorgesetzte! Die sollen's wagen, ihm gegenüber durchblicken zu lassen, daß sie sich für was mehr halten, für was besseres! . . .

Und der arme Märtyrer seiner Phantasie, der sich vor einer Stunde noch von seinem Direktor hat behandeln lassen wie ein dummer Junge und in seiner würdelosen Hundeangst demütig vor dem ärgerlichen Hansnarren gedient hat, erzählt jetzt dem Weib, wie er alles und alle unter die Launen seiner Herrennatur zwingt.

An der ängstlichen Bewunderung dieser wasserblauen Augen erhitzt sich seine Phantasie. Er schwärmt von seinen »Neuerungen,« die er eingeführt, von der brutalen Energie, mit der er das ihm gut dünkende durchsetzt. Er erzählt, wie alle die armen Hungerleider um ihn zu ihm aufsehen, wie zu einem Befreier. Denn er ist gütig nach unten, rücksichtslos nach oben. Und wie er bei der geringsten Veranlassung damit droht, seinen Posten niederzulegen, den Kerlen den Bettel vor die Füße zu schmeißen . . .

»Um Gottes willen, du wirst doch nicht . . .« wagt die kleine Frau im Tone heißer Herzensangst zu unterbrechen.

»Nein; sie dauern mich. Ich werde bleiben.«

. . . Einmal hat er mit seiner Frau einen Sonntagsspaziergang auf der Chaussee gemacht. Er redet gerade davon, daß der echte Mann nur zweierlei liebt: Gefahr und Spiel. Das Weib aber ist das gefährlichste Spielzeug. Er weiß nicht recht, stammt der hübsche Gedanke von Zarathustra oder schon von ihm selbst. Der Mann soll zum Kriege erzogen werden, und das Weib zur Erholung des Kriegers. Alles andere ist Torheit.

Da will's der Teufel, daß just sein Vorgesetzter mit Familie daherkommt. Der Übermensch wird ganz blaß; er hört im Geiste den Vorgesetzten morgen schon poltern:»Ja, spazieren laufen auf der Chaussee, das können Sie; aber hier was leisten . . .!«

Und er reißt seinen alten, abgegriffenen Hut vom Kopf, und in tiefster Devotion mit feierlichem Bückling läßt er den Gestrengen vorbei.

Der dankt kaum.

Die Kinder hinter ihm lächeln über den grotesken Mann, der die kleine, schmächtige Frau fast in den Graben wirft beim Gruß.

Dann gehen die beiden weiter. Keiner redet ein Wort.

Knapp vor der ehelichen Wohnung, deren Anblick ihm neuen Mut gibt, fragte der Übermensch:»Hast du bemerkt, Weib, welchen souveränen Hohn ich vorhin in meinen Gruß gelegt habe?«

Und das »Weib« hat es bemerkt . . .

Brave, kleine Frau!

Wenn der Übermensch vor dir stirbt, wirst du ihm einen prächtigen Grabstein auf Abzahlung setzen lassen. Und wenn du an schönen Frühlingstagen hinaus gehst mit dem grünen Gießkännchen, die dunklen Stiefmütterchen zu tränken, dann wirst du ehrlich trauern um einen großen Mann, der unter einem günstigeren Stern ein Cäsar oder Napoleon geworden wäre.

Und du wirst ein bißchen weinen darüber, daß keiner mehr da ist, dir die armselige Geschichte zu erzählen von der Peitsche, die nicht vergessen werden darf . . .

*

Amüsanter, wie die »Übermenschen,« ja selbst wie die »partiellen Übermenschen« sind die Untermenschen.

Wer den Übermenschen entdeckt und benannt hat, darüber ist Streit. Nietzsche war es nicht. Denn schon im »Faust,« in der Szene mit dem Erdgeist, ruft das schreckliche Gesicht aus roter Flamme dem gelehrten Beschwörer zu: »Welch erbärmlich Grauen – faßt Übermenschen dich!« Woraus man die böse Definition schöpfen könnte: ein Übermensch ist ein Mensch, den ein erbärmliches Grauen faßt, sobald seine Beschwörungen sich endlich erfüllen.

Aber auch Goethe hat das Wort zur Bezeichnung eines Titanen nicht etwa erfunden oder doch nach dem längst vorhandenen Adjektiv »übermenschlich« neu gebildet. Es ist vor ihm schon dagewesen; und die Herren von der philologischen Zunft sind jetzt emsig dabei, den Dichter aufzuspüren, der es zuerst siegesfroh in die Welt warf. Der Himmel segne ihr nützliches Werk, bis zu dessen gutem Ausgang die Welt in fieberhafter Spannung den Atem anhält.

Bei der Bezeichnung Untermensch haben die Herren leichtere Arbeit. Die Bezeichnung stammt von mir. Und ich fühle die zwingende Pflicht, zu erklären, was ich darunter verstehe.

Ich konstatiere zunächst, daß ich mit dem Untermenschen nicht etwa die von Ernst Haeckel und seinen Getreuen gesuchte Zwischenstufe zwischen Mensch und Affen bezeichnen will. So wenig, wie der Übermensch von irgend einem Vernünftigen als Zwischenstufe zwischen Mensch und Engel aufgefaßt wird. Der »Untermensch« ist für mich ein Mensch, der – nicht als Idiot, sondern mit vollem Bewußtsein – in seinen Neigungen und Wünschen und Zielen, und in den Äußerungen seiner Affekte und Gedanken hinter allem zurückbleibt, alles anders, bescheidener, vorsichtiger, unzuversichtlicher erfaßt, als der normale Mensch.

Ein Beispiel statt aller Definitionen.

Mein Jugendfreund Balduin Finkenbein. Er mußte schon vor seinem Eintritt in die Welt ein merkwürdig bescheidenes Wesen genannt werden. Er hat siebzehn Tage später das Licht erblickt, als die

Eltern, zwei Ärzte und eine weise Frau ausgerechnet hatten. Wie das kam? Man weiß es nicht.

Der Fall ist vor und nach Balduins Geburt nicht mehr beobachtet worden.

In der Schule konnte er seine Aufgaben stets vorzüglich – in den Pausen. Während wir sein Frühstücksbrot aßen, mußte er uns Xenophon übersetzen. Und er tat's mit rührender Geduld. Kam dann die Unterrichtsstunde, so wußten wir unser Pensum; er aber verhedderte sich. Er verwechselte den Cyrus mit dem Artaxerxes und konstruierte Präpositionen mit dem Genitiv, die vor und zu und nach Xenophons Zeit immer nur den Dativ regiert haben. Der Blick des Lehrers verwirrte ihn. Das Ende dieser wissenschaftlichen Unterredung war gewöhnlich für einen von uns eine gute Note, für Balduin Finkenbein eine Stunde Arrest.

Er galt für einen schlechten Schüler.

Nachdem er »das Einjährige« zweimal ins Unreine gemacht und schließlich mit Ach und Krach bestanden hatte, kam er zu seinem Vater ins Geschäft; ein gutgehendes, großes Korsetten-Geschäft. Er mußte aber daraus entfernt werden, da er in seinen Bekanntenkreisen heftige Reden gegen den Schnürleib hielt und die ganze Entartung der Menschheit, die er als vollendete Tatsache betrachtete, aus der Einführung dieses Panzers erklärte.

Mit fünfundzwanzig Jahren heiratete Balduin eine Dame, die zweifellos schon konfirmiert war, als er noch von den Eltern, zwei Ärzten und der weisen Frau mit Interesse erwartet wurde.

Seine Lebensgefährtin war zwar ganz ohne Vermögen, aber außerordentlich häßlich. Sie hatte die Leidenschaft, Fremdwörter und Schminke in einer ganz unwahrscheinlichen, abenteuerlichen Art zu gebrauchen und dicken Korallenschmuck zu tragen, der in Anbetracht ihrer Jahre einen sehr spaßigen Eindruck machte. Außerdem hatte sie ein Glasauge, das bei Tag starr und unbeweglich unter dem Stirnknochen, nachts aber in einem Wasserglas auf dem Nachtschränkchen stand.

Die Verlobung war in ganz rätselhafter Weise erfolgt.

Balduin war eines Mittags um vier Uhr gesund auf einen Wagen der Ringbahnlinie gesprungen. Am Berliner Bahnhof war seine spätere Frau, im Korallenschmuck, eingestiegen. An der Kunsthalle sprachen sie zusammen vom Wetter. An der Hauptpost von der Literatur. Am Holstentor vom Krieg in Westindien.

Am Millerntor waren sie verlobt.

Zu Hause hat Balduin nichts zu sagen. Aber er fühlt sich wohl dabei.

Er steht auf, wenn ihn Kornelie – seine liebe Frau heißt Kornelie – weckt. Er frühstückt mit ihr; Tee, den er nicht gern trinkt, den sie aber für gesund hält. Dann führt er den merkwürdigen Hund spazieren, den Kynologen verächtlich für die Kreuzung eines Geißbocks und einer Fischotter erklärt haben, und den seine Frau zärtlich liebt. Ist er über die Gesundheit dieses vierbeinigen Juwels durch den Morgengang beruhigt, dann kommt er nach Hause und sieht nach, in welchem Zimmer gerade nicht gescheuert wird. In diesem Zimmer hält er sich auf, bis er einen Auftrag bekommt. Zum Beispiel Sand zu holen für den Kanarienvogel oder Bohnerwachs für die Putzfrau.

Mittags wird er bloß vegetarisch ernährt. Kornelie ist einmal durch eine vegetarische Kur vom Typhus kuriert worden. Sagt sie. Deshalb ißt Balduin Montags Gelberübenkotelettes mit Kartoffeln, Dienstags Spinat-Puffer mit Preißelbeeren, Mittwochs Reisauflauf mit Backpflaumen. Und so fort.

Alles Geschäftliche besorgt Kornelie. Er weiß nie, was er hat oder was er ausgeben könnte. Jeden Sonnabend bekommt er ein Taschengeld. Freunde »zufällig« zu treffen, ist ihm streng verboten.

Über Familienereignisse unterrichtet ihn seine Umgebung nur mangelhaft.

Als er den ersten Sprossen seines Blutes erwarten durfte, erfuhr er davon erst ein Vierteljahr vor dem fröhlichen Ereignis. Und eigentlich auch erst dadurch, daß er mit dem Einkauf von Flanell zu Windelhöschen betraut wurde. Und als er am Tage der Geburt von einer fürsorglichen Tante, die seit drei Wochen im Hause das Zepter führte und ihn bei jeder Gelegenheit und auch ohne Gelegenheit anschrie, in eine Droschke verpackt wurde und zum Standesbeamten in der X-Straße fuhr, da passierte ihm, daß er auf die Frage des Standesbeamten das Geschlecht nicht angeben konnte. Man hatte ihn darüber nicht informiert.

Einer politischen Partei gehört Balduin nicht an.

Seinem Bekenntnis nach ist er evangelisch und zahlt regelmäßig seine Kirchensteuer. Durch einen Irrtum ist sein Name aber auch in eine Synagogengemeinde gekommen, und seit einigen Jahren zahlt er auch Synagogengelder. Damals war es ihm peinlich, die Sache aufzuklären, und jetzt, meinte er, müsse es die Leute verletzen, wenn er plötzlich den Irrtum berichtigte. Es sehe das wie ein Austritt aus.

Von der Weltlage hat er stets nur ein unklares Bild, da er meist nur alte Zeitungen zu Gesicht bekommt. Die neuen Zeitungen werden sofort in der Haushaltung verbraucht.

Trotzdem erfährt Balduin zuweilen von großen Kriegen, die in Afrika oder sonstwo geführt werden. Dann ist er mit vollem, reichem Herzen jedesmal auf beiden Seiten. Die unentschiedenen Schlachten, in denen von beiden Gegnern gleich viele Tote gemeldet werden, sind ihm die liebsten. Er erblickt darin die himmlische Gerechtigkeit. Obschon er auch den Menschen nicht widersprechen will, die eine solche leugnen. Seine Frau ist überzeugte Anhängerin Darwins, und er gibt ihr mit schöner Begeisterung zu, daß sie jedenfalls vom Affen abstamme.

Irgendwo an die Spitze zu treten, widerstrebt seiner milden, zaghaften Natur.

Als ihn sein Kegelklub zum Schriftführer wählte, war er tagelang tief unglücklich über diese unverdiente Ehrung, der er sich nicht gewachsen fühlte. Er wurde erst wieder froh, als er mit der rechten Hand in die Nähmaschine seiner Frau kam und sich den halben Daumen vom Finger riß.

Während er genäht wurde, bat er mit todblassen, aber lächelnden Lippen seine »liebe Kornelie,« dem Kegelklub recht bald zu schreiben, daß er leider auf die große Ehre verzichten müsse, weil er vermutlich einige Monate keine Feder und keine Kegelkugel werde halten können . . .

Als er einmal sehr krank war und sein Ende erwartete, tat ich einen tiefen Blick in seine merkwürdige Untermenschennatur.

Er ließ mich per Rohrpost rufen. Und als ich kam, setzte er sich fieberglühend im Bett auf und erklärte mir mit leiser, zittriger Stimme: »Lieber, alter Freund, ich bin in schrecklicher Verlegenheit. Du verstehst, wegen meines Todes.«

»In – Verlegenheit?« Ich fand den Ausdruck denn doch recht seltsam und die Situation wenig erschöpfend.

»Ja, in Verlegenheit. Siehst du, ich habe nämlich vor Jahren einem armen Teufel – Gott, er war so in Not! – sein Erbbegräbnis abgekauft und hab's herrichten lassen für uns. Ganz hübsch und bequem.«

»Ja, da kannst du doch ganz ruhig sein – –«

»Nein, das kann ich eben nicht. Denn ich habe kurz darauf dem Verein für Feuerbestattung auf Bitten von ein paar Herren im Vorstand zugesagt, daß ich mich in Gotha verbrennen lasse.«

»Ja, aber –«

»Nein, warte doch, warte! Das ist noch nicht das Schlimmste. Ich habe nämlich im Vorjahre, als ein Professor bei mir eine sehr merkwürdige Abnormität des Herzens feststellte, um der Wissenschaft zu dienen, dem gelehrten alten Herrn in die Hand versprochen, daß ich meinen Leichnam der Anatomie überlasse. Und jetzt läßt der Professor jeden Tag nachfragen, wie mir's geht.«

»Das ist allerdings –«

»Schrecklich ist's, schrecklich! In solcher Verlegenheit war ich noch nie. Hier das Erbbegräbnis, das meiner Frau – sie hält auf so was! – gar so viel Freude macht. Dort das heilige Versprechen für Gotha, und dort wieder das ebenso heilige für die Anatomie. Was würdest du mir raten? Du weißt, ich bin nun mal ein Mensch, der keinen eignen Willen hat.«

»Ich würde dir raten, leben zu bleiben!«

. . . Und der Untermensch war folgsam.

Er lebt heute noch. Ich kann ihm nie begegnen, ohne daß er mir für meinen guten Rat dankt.

Der Diplomat.

».. . Und außerdem,« sagte mein Freund Eduard und warf mir einen mild tadelnden Blick zu, »du bist kein Diplomat. Oder glaubst du etwa?«

»Nein, nein.«

»Ja, siehst du, ich hätte dir's auch nicht geglaubt, wenn du's versichert hättest. Ich hab' ein Auge für so etwas. Verlaß dich drauf. Neulich zum Exempel, wie wir auf der Treppe dem kleinen Karlchen begegneten – –«

»Welchem Karlchen?«

»Nun dem einzigen Sprößling des Kritikers von der ›Tagwacht.‹«

»Dem unappetitlichen kleinen Bengel, der in der Linken das grünlich schillernde Geleebrot und die Rechte immerzu an der Nase hatte?«

»Eben dem. Ja. Du bist an ihm vorübergegangen und hast nichts gesagt.«

»Ich fand den Bengel reizlos und wenig kindlich mit seinem altklugen Gesicht.«

»Ja, meinst du, ich hätte ihn mit einem Raffaelschen Engelchen verwechselt? Und doch – du erinnerst dich – ich habe ihm den Kopf gestreichelt! . . .«

»Was ich sehr geschmacklos fand und sehr unnötig.«

»Bitte, laß mich ausreden. Und ich habe teilnehmend gefragt: ›Nu, Karlchen, was machst du denn Schönes?‹«

»Richtig. Darauf hat er dir die Zunge herausgesteckt. Ich hatte wenigstens diesen Eindruck.«

»Ich auch. Aber wie hab' ich mich nun benommen? Großartig. Ich hab' die kleine Flegelei übersehen, schlicht und schlank übersehen. Und habe gefragt: ›Karlchen, mein liebes Karlchen, gehst du denn auch schon zur Schule?‹«

»Du mußtest doch wissen. daß er mit kaum fünf Jahren noch nicht zur Schule geht.«

»Ja, siehst du, lieber Freund, geht einer noch nicht zur Schule, dann ist ihm diese Frage lieb und angenehm. Er fühlt sich instinktiv älter, reifer taxiert als er ist. Fühlt sich gehoben und geschmeichelt. Und von dem erschrecklichen Ungetüm, das hinter dem für erfahrene Ohren so düster klingenden Hauptwort ›Schu–le‹ steckt – hast du schon irgendwo ein dumpferes, drohenderes ›u‹ gehört, wie in dem Wort ›Schule... Schuuule?‹ – hat dieses Mistfinkchen bestimmt noch gar keine Ahnung. Ist aber einer erst drin, spaziert er erst täglich mit der vollgeschriebenen Tafel und einem noch volleren Herzen zu der düsteren Zwingburg der Gelehrsamkeit, um zu erfahren, daß alle die lustigen Sätze, die er so mühelos in der Kinderstube gebildet und nachgeplappert hat, aus ›Subjekt und Prädikat‹ und was weiß ich bestehen – ja dann, dann beschwörst du ihm eben mit solcher Frage die ganze Schmach seiner Knechtschaft, seiner Unmündigkeit, seines Leidens herauf. Ich habe einen alten, sonst vortrefflichen Oheim meines lieben Vaters in den Tod nicht ausstehen können, mein Lebtag, und ich kann heute noch nie ohne leise aufgrollenden Vorwurf an seinem blanken Granitgrabstein vorbeigehen, weil dieser brave alte Herr – ein behaglicher Junggesell durch und durch und ohne das geringste Verständnis für die komplizierte Kinderpsyche – mich bis zu meinem fünfzehnten Jahre, wann und wo er mich sah, fragte: ›Na, Lieber, wie geht's in der Schule?‹ Er erwartete gar keine Antwort, bekam auch keine. Aber siehst du, diese ewige Schulfragerei wirkt auf ein Kind, wie auf einen schwer Seekranken die Frage: ›Essen Sie gern Hummer-Mayonnaise?‹ Er ißt sie zuzeiten vielleicht wirklich gern. Aber der Moment zur Erkundigung ist äußerst unglücklich gewählt.«

»Gut. Zugegeben. Aber was willst du eigentlich damit beweisen?«

»Daß man die Kinder der Leute, von denen man abhängt, die einen kritisieren, schlachten, erledigen können, stets besonders gut behandeln muß; diplo–ma–tisch behandeln muß. Die Väter sind unbestechlich; uneinnehmbare Festungen, so scheint's. Aber diese Festungen haben einen geheimen Zugang, durch den sie doch zu erobern sind: die Kinderstube. Das Kind eines Vorgesetzten, eines Mannes, der irgendwo über uns den Stab brechen kann, hat danach niemals einen Wasserkopf. Es kann unmöglich englische Krankheit gehabt haben. Es ist stets intelligent. Es verspricht sehr schön zu werden, wenn es ein Mädchen ist. Es verspricht sehr klug zu werden, wenn es ein Junge ist. Es sieht in glücklichen Ehen stets der Mutter ähnlich. Denn das freut den Mann, der seine Frau noch liebt. In unglücklichen stets dem Vater, denn das bricht jedem Argwohn die Spitze ab. Ist aber ein berühmter Mann in der Familie, auf den alle stolz sind, so hat es unfehlbar gewisse körperliche Vorzüge mit diesem gemein.«

»Du magst ja recht haben, mein Bester; aber das alles kannst du doch nur den Eltern sagen. Wenn du also einem so ausgesprochenem Kretin, wie diesem Karlchen, einem Ausbund von Ungezogenheit und Reizlosigkeit, auf der Treppe schöne Worte gibst, da dieser kleine Aztek ganz allein mit seinem Geleebrot daherkommt, so hat das doch schlechthin keinen Sinn.«

»O doch, Verehrtester. Zum ersten: Es ist eine oft bestätigte Erfahrung, daß viele Mütter an der Korridortür lauschen, ob ihr scharmanter Liebling auch gut unten ankommt. Siebzig Prozent der Wahrscheinlichkeit sprechen also dafür, daß Karlchens Mutter oben jedes Wort gehört hat, als ich den unmanierlichen kleinen Kerl mit schmelzenden Worten apostrophierte.«

»Hm. Aber warum sprachst du plötzlich französisch? Wenn ich mich recht erinnere, sagtest du plötzlich zu mir: ›Regardez la figure. Il est ravissant, ce petit.‹«

»Ganz recht. Es gibt nämlich Mütter, die sich einen Rest von Vernunft selbst der lauten Bewunderung ihrer Kinder gegenüber bewahrt haben. Die freuen sich diebisch über das Lob; aber sie wünschen nicht, daß die Kinder eitel werden. Deshalb hab' ich französisch gesprochen – aber laut und deutlich.«

»Ja, du hast fast gebrüllt. Und dann hast du ihn gestreichelt: ›Du bist ein lieber Junge, Karlchen. Sage das deiner lieben Mama. Weißt du denn aber auch, wer ich bin?‹ Und da hat das herzige Kind nach einigem Besinnen gesagt: ›Ja, du bist der Preßkohlen-Mann.‹«

»Allerdings, das war schmerzlich. Vielleicht eine Ähnlichkeit in der Barttracht. Ich habe den Irrtum natürlich sofort aufgeklärt. Habe dem tüchtigen Karlchen drei, fünf, sieben Mal meinen Namen wiederholt und ihn mir repetieren lassen. Das ist notwendig wegen der Erzählung am Abend zu Hause. Für den Fall, daß niemand oben zugehört hat. Dann hab' ich ihm fünf Brustbonbons geschenkt. Die schmecken nach nichts, aber sie lutschen sich sehr langsam, so daß der Lutschende einen intensiven Genuß davon hat und keine üblen Nachwirkungen, die mir die Mutter übelnehmen könnte.«

»Eins hast du nur vergessen.«

»Und was?«

»Du hättest ihm noch einen Kuß geben müssen.«

»Kuß? Hm. Nein. Das hab' ich früher auch gemacht. Aber ich will dir gestehen: Vor fünf Jahren, als meine ›Semiramis‹ im Stadttheater zu Blötzingen aufgeführt werden sollte, da hab' ich dem dreijährigen Ältesten des Gewaltigen am ›Stadtanzeiger‹ in großer Begeisterung über seine blonde Schönheit – unter uns, er schielte und hatte keine Augenbrauen – auf den Mund geküßt. Die Mutter stand, ohne zu warnen, strahlend dabei . . .«

»Nun, und?«

»Und? Meine ›Semiramis‹ hat dem Gewaltigen vom ›Stadtanzeiger‹ sehr gefallen. Besonders die Kinderszenen, schrieb er, seien bedeutend. Man sehe, daß ich tief in das Seelenleben des Kindes eingedrungen sei, und daß der kleine Mensch mir das Mysterium seiner Weltanschauung enthüllt habe.«

»Sehr schön gesagt.«

»Ja. Und wahr. Aber fünf Tage nach dieser schönen Kritik, sieben Tage nach dem Kuß, fang' ich an zu husten. Bösartig mit Ziehen, Pfeifen und Würgen. Mit einem Wort – ich hatte den Keuchhusten. Mit dreiunddreißig Jahren die wüste Kinderkrankheit, der ich in meiner Sünden Maienblüte glücklich entgangen war! Ich habe fünfzehn Wochen damit zu tun gehabt. Der Arzt sagte, so heftig habe er diese an sich harmlose Krankheit noch niemals auftreten gesehen. Meine Wirtin hat mir gekündigt, weil niemand mehr neben mir wohnen wollte. Schließlich habe ich einen Spezialisten für Kinderkrankheiten hinter dem Rücken meines Hausarztes konsultiert; der hat mich Emser Viktoria-Quelle trinken lassen – eine Wasserquantität, die manchen netten kleinen Binnensee beschämen könnte . . . In die Mitte dieses Keuchhustens fiel der Durchfall derselben ›Semiramis‹ in Berlin. Ein Kritiker schrieb: ›Der Verfasser kann dem

Herrn in der Eckloge rechts innig dankbar sein. Dieser merkwürdige Herr hustete so viel und so laut, daß einige der traurigsten Stellen dieses traurigen Stückes unverständlich blieben.‹ Der merkwürdige Herr in der Eckloge war ich.«

»Und seitdem küßt du keine Kinder mehr?«

»Nie mehr. Ich beschränke mich auf die Zärtlichkeiten des Blickes, der Worte und der Hände.«

»Wenn nun aber keine Kinder da sind?«

»Das ist bös. Aber nicht hoffnungslos, wenn der betreffende Gewaltige verheiratet ist. Dann lasse ich mich der Frau Gemahlin vorstellen, bin sehr höflich, ohne aufdringlich zu sein, und warte bis ich den Ehemann wieder allein habe. Und dann schieß ich los mit der Ähnlichkeit.«

»Mit welcher Ähnlichkeit?«

»Ja, das ist's. Starke, blonde Frauen sehen bei mir immer der Caterina Cornaro ähnlich. In schlanken Brünetten entdecke ich, wenn's irgend geht, einen Zug der Madame Récamier. Passen diese beiden nicht, dann habe ich folgenden Trick. Ich erfasse mit mühsam zurückgedämmter Bewegung die Hand des glücklichen Gatten und frage: ›Waren Sie schon in Venedig?‹ Er antwortet ja oder nein. Das ist ganz gleichgültig. Ich forsche voll Teilnahme weiter: ›Kennen Sie dort die kleine Kirche S. Maria del Carmine?‹ Die Antwort lautet immer: Nein. Und ich: Schade, sehr schade. Dort sah ich ein Bild, ein Altarbild von einem Schüler des Tizian. Gleich links in der Nische. Eine Heilige von wunderbarer weiblicher Anmut. Als Ihre Frau Gemahlin soeben hereintrat – Sie werden bemerkt haben, ich war etwas fassungslos. So etwas von Ähnlichkeit ist mir noch nicht vorgekommen. *Mir* noch nicht!... Er ist erstaunt, erfreut, geschmeichelt. Es ist keine Kleinigkeit, eine Frau zu haben, die einer Heiligen ähnlich sieht. Und von einem Schüler Tizians gemalt, ich bitte!«

»Ja, gibt's denn eine solche Kirche in Venedig?«

»Allerdings.«

»Und existiert dort so ein Bild?«

»Ich kann's nicht sagen. Ich war nie dort. Sie liegt etwas ab vom Verkehr, die Kirche. Ehrlich gesagt: Darum hab' ich sie just gewählt. Man findet sie nicht so leicht.«

»Ach – deshalb«

»Ja. Früher hatte ich die frappante Ähnlichkeit immer in S. Giovanni Evangelista in Ravenna entdeckt. Aber diese Kirche liegt zu günstig. Da hat wahrhaftig mal ein braver Mann das von mir in glühenden Farben geschilderte Bild seiner Frau *gesucht*.«

»Und gefunden?«

»Das weniger. Er schrieb mir eine ziemlich pikierte Ansichtskarte. Etwa so: Geehrter Herr! Bin in Ravenna ausgestiegen, um die Heilige zu sehen, der meine liebe Frau so sehr gleichen soll. Aber Ihr Gedächtnis muß Sie getäuscht haben. In S. Giovanni Evangelista befinden sich seit Jahrhunderten nur Fresken des Giotto. Vier alte, wenig schöne Männer und ihre Symbole in Tiergestalten. Was ich nicht unterlassen will, Ihnen mit ergebenstem Gruß – na, und so weiter. Seit der Zeit habe ich den Schüler des Tizian in S. Maria del Carmine bemüht.«

»Und du bist mit ihm zufrieden?«

»Sehr. Er hat schon viele Glückliche gemacht!«

Einige Mitteilungen
über den merkwürdigen Mann,
der Ernst von Wildenbruch so ähnlich sah.

Er war ursprünglich Kaufmann gewesen.

Mit irgend etwas hatte er gehandelt, von dem er später ungern sprach. Einige behaupten, es seien Ostseekrabben in Büchsen gewesen. Andere wieder sagen, sein Geschäft habe nur eine Spezialität in wollenen Unterjacken geführt. Die Blüte dieses Handels soll in die Zeit gefallen sein, da Professor Jäger begeisterte Jünger fand und eine große Anzahl sonst verständiger Menschen so besorgt für ihre teure Gesundheit war, daß sie den Verkehr mit kühlem Waschwasser ängstlich einschränkte, viel wollenes Unterzeug trug und selten zum Wechseln dieses vortrefflichen Schutzmittels gegen Erkältungen und Influenza zu bewegen war. Damals, so hieß es, habe er sein flottes Geschäft verkauft und lege nun keinen Wert mehr auf seine Vergangenheit.

Nur sein Briefstil roch noch – wenn das harte Wort erlaubt ist – nach den wollenen Unterjacken. »Bezugs nehmend auf Ihr wertes Gestriges ...« »Antwortlich Ihres geschätzten Diesbezüglichen ...« Das waren so Proben seiner stets in sauberster Handschrift abgefaßten Episteln.

Als vermöglicher Junggeselle in guten Jahren hätte er sein Leben höchst behaglich genießen können. Besonders, als er aus seiner Vaterstadt Limburg a. d. Lahn nach Berlin zog, in welcher Stadt bekanntlich des Ergötzlichen und Unterhaltsamen für Leute, die Zeit und einiges Kleingeld haben, genug zu finden ist. Ihn aber führte weniger der Drang nach Genuß und Abenteuer in die Reichshauptstadt. Auch hatte er mit Ausnahme von einem uralten Onkel, der stocktaub im vierten Stock eines Hinterhauses der Belle-Alliance-Straße saß und die einzige Passion hatte, weiße Mäuse zu züchten. was eine mäßig interessante, aber sehr übelriechende Beschäftigung genannt werden muß, keinen einzigen Verwandten in Berlin. Auch zu den Hofbällen eingeladen zu werden oder sich am politischen Leben anders als in Stammtischgesprächen, die sich in Limburg a. d. Lahn schließlich ebensogut, ja noch bedeutender und apodiktischer führen lassen, als in dem ewig von offiziösen Dementis durchschwirrten Berlin, zu beteiligen, war wenig Aussicht vorhanden. Nein, nach der Hauptstadt führte ihn nur die Literatur. Zur Literatur aber wieder war er gekommen, wie das Kind zur Ohrfeige. Durch einen ungerechten Zufall, durch ein neckisches Spiel der Natur. Gottfried Dappel – auf der Fahrt nach Berlin hatte er das l am Schluß des Familiennamens verloren, dafür aber dem e einen Akzent geschenkt, und von dem Augenblick an, da er den Fuß auf das immer schmierige Pflaster des Anhalter Bahnhofs setzte, nannte er sich nur noch Gottfried Dappé – sah nämlich Ernst von Wildenbruch ähnlich. Besonders von der linken Seite gesehen. Das rechte Auge schweifte etwas ab und störte dadurch den Vergleich . . . Dafür war von links gesehen die Ähnlichkeit ganz erstaunlich. Derselbe merkwürdige Schnitt der Stirnknochen und der Nase, dieselbe Schweifung in den Nasenlöchern und derselbe dunkelblonde, allen Haby-Ambitionen widerstrebende Schnurrbart. Der Kopf in der Ruhe des Zuhörens mehr das Haupt eines nüchtern-korrekten Frontoffiziers; sobald er aber vom Gespräch belebt wurde, im beweglichen Ausdruck den Phantasiemenschen verratend und in dem leicht erzeugbaren Affekt interessant und bedeutend. Kam noch hinzu, daß das Alter so ungefähr stimmte. Auch Gottfried Dappé war Mitte der vierziger Jahre des vorigen Jahrhunderts geboren; allerdings nicht in Beirut in Syrien, wie der Dichter, sondern in einem kleinen Nest auf waldiger Höhe des Hunsrück, von wo sein Vater später nach Limburg zog, um dort jenes Geschäft zu begründen, um das der Sohn nach seiner Auswanderung in die Hauptstadt den dichtesten Schleier des Geheimnisses zu werfen liebte.

Im Winter des Jahres 1884, als Wildenbruch eben die Höhe seines Ruhmes erklomm – »Die Karolinger,« »Harold,« »Der Menonit« waren über die Bühnen gegangen, der »Meister von Tanagra« hatte stille Leser entzückt, und eben weinten alle Mütter über die »Kindertränen« – war die Ähnlichkeit entdeckt worden, die für Gottfried Dappés ganzes Leben bestimmend werden sollte.

Ein Weinreisender aus Oberlahnstein, der einen faulen Schuldner in Limburg hatte, benutzte die Geschäftstour, um einen Tag auf dem Hunsrück an Hasen vorbeizuschießen. Bei dieser Treibjagd war auch Gottfried Dappé, ein von den Treibern gefürchteter Schütze, anwesend, fiel aber eigentlich erst beim Jagdfrühstück durch eine Flasche Kognak auf, die drei Sterne hatte und nach dem Pfropfen schmeckte, immerhin darüber hinwegtäuschen half, daß die Würstchen wieder nicht gar gekocht waren. Der Weinreisende stieß plötzlich einen durchdringenden Schrei aus; eine Finte, mit der häufig seine Berufsgenossen die Aufmerksamkeit auf den neuesten ungarischen oder galizischen Witz zu lenken lieben. Diesmal aber war der Schrei ein Ausdruck einer maßlosen Überraschung. Als er bemerkte, wie alle Jagdgäste nach ihm hinblickten, ließ er sich zu Erläuterungen herbei.

»Nein, die Ähnlichkeit, die Ähnlichkeit!«

Gottfried Dappé verstand nicht recht. Er sah sich im Kreise um, wem diese Exklamation wohl gelten solle. Da er aber die schellfischstarren Augen des Weinreisenden irr maßlosem Erstaunen immerzu auf sich gerichtet sah, so fragte er, nachdem er dem Flintenlauf, den der Erstaunte im Arm hielt, eine etwas ungefährlichere Richtung gegeben hatte: »Pardon, welche Ähnlichkeit? Etwa ich?«

»Sie, Herr, Sie!«

»Sehr schmeichelhaft,« dankte Gottfried etwas voreilig, »aber wenn ich fragen darf – mit wem?«

»Mit Wildenbruch.«

»Ah –«

Das »Ah« war allgemein, wenn auch nicht allzu berechtigt. Denn es stellte sich bald heraus, daß in der Jagdgesellschaft auf dem Hunsrück die merkwürdigsten Vorurteile über Person und Tätigkeit des Dichters der »Karolinger« bestanden. Ein Gastwirt aus Diez vermutete in ihm einen dem Alkohol ergebenen Afrikaforscher – es stellte sich später heraus, daß er ihn aus unerklärlichen Gründen mit Emin Pascha verwechselt hatte – und ein pensionierter Major aus Bingen vertrat mit einer fast peinlichen Entschiedenheit den Standpunkt, ein Herr von Wildenbruch, der mit ihm Kadett gewesen, sei in der Provinz Kordofan von den Truppen des Mahdi vor zwei Jahren an den Beinen an eine Dattelpalme aufgehängt und später beim Aufbruch vergessen worden. Zum Glück war ein Oberlehrer mit von der Gesellschaft, der alsbald ein kleines Privatissimum über Wildenbruch vortrug, nach genauer Disposition eines deutschen Aufsatzes für Sekunda, das Leben des Dichters von seinen zarten Kinderjahren in Beirut und Athen bis zu seiner augenblicklichen Tätigkeit im Auswärtigen Amt in Berlin verfolgend.

Dieses Jägerfrühstück und die umfangreiche Belehrung des Oberlehrers, die sich im wesentlichen an eine kürzlich im »Rheinischen Kurier« erschienene Biographie anlehnte, hatte für Gottfried Dappé die unmittelbaren Folgen, daß er erstens einen gehörigen Schnupfen weghatte und zweitens alsbald aus der Leihbibliothek sich alles von Wildenbruch kommen ließ, was erreichbar war. Wobei ihm zunächst noch das Malheur passierte, daß sein dummer Laufbursche, den er geschickt hatte, die Namen verwechselte und statt des »Menonits« und der »Karolinger« zunächst die Erzählungen für junge Mädchen von Ottilie Wildermuth mitbrachte, die den guten Gottfried Dappé, obschon er ein schlichter moralischer Mensch war, beträchtlich langweilten. Ein später Blick auf das Titelblatt klärte dann den Irrtum auf; er erhielt die richtigen Bücher und, nicht unempfindlich für Kraft und Schönheit der Sprache, rechnete er sich's bald so sehr zur Ehre, dem Dichter ähnlich zu sehen, für den sich damals die Jugend begeisterte, daß er nach Berlin an einen Geschäftsfreund schrieb, er möge ihm alle Bilder von Wildenbruch besorgen, die er bekommen könne.

Der Geschäftsfreund ließ eine Weile gar nichts von sich hören. Dann kam ein Brief mit Entschuldigungen. Er habe die letzte Epistel Gottfrieds verlegt; aber er erinnere sich dunkel, daß der ihn darin um ein Bild eines bekannten Parlamentariers gebeten habe. So weit er sich entsinne: Windthorst oder Eugen Richter. Da er aber nicht mehr ganz genau ins klare darüber kommen könne, welcher von beiden, so schicke er ihm die wohlgetroffenen Porträts beider. Diesem Brief, der Strafporto kostete, lagen die Bilder von Windthorst und Eugen Richter bei, die leider für Gottfried Dappé im Augenblick von geringerem Interesse waren und deshalb kurz darauf zu einer Wohltätigkeitsverlosung gestiftet wurden, bei der sie der gütige Stifter mit dem Los Nr. 523 als einzigen Gewinn unter elf Nieten wiedergewann . . .

Das nur nebenbei. Durch einen Buchhändler, mit dem er Dienstags im »Preußischen Hof« kegelte, bekam er dann die ersehnten Bilder. Eines schon etwas alt, gelb und fettig und nach Makassaröl riechend; offenbar schon mit Lockenwickeln zusammen irgendwo aufbewahrt. Ein zweites sehr gut und – wahrhaftig von einer frappanten Ähnlichkeit mit ihm selbst! Um diese merkwürdige Übereinstimmung der Haltung und der Züge sich selbst noch zu verdeutlichen, beschloß er, sich in derselben Pose wie der Dichter photographieren zu lassen. Ein vortrefflicher Plan, den er längere Zeit leider nicht ausführen konnte, weil ihm damals gerade ein durch Schmerzhaftigkeit recht lästiges Zahngeschwür das Gesicht sehr übel verzog. Voll begreiflicher Ungeduld erwartete er die Abschwellung, und als sie eingetreten war, ließ er sofort das interessante Porträt herstellen, das zu seiner Befriedigung eine fast lächerliche Ähnlichkeit mit beiden Bildern des Poeten ergab. Nur daß es nicht nach Makassaröl roch.

Von diesen Tagen an konnte es keinen größeren Verehrer und Kenner Wildenbruchs geben, als Gottfried Dappé. Er hatte gelesen, daß gewisse Schädelformen auf gewisse geistige Fähigkeiten deuten, und folgerte kühn, daß die Talente der Menschen, die zum Beispiel in den Maßen der Hirnschale einander auffallend ähneln, sich nicht wesentlich unterscheiden können. Er war Materialist jener volkstümlichen Richtung, die sich das Gehirn gewissermaßen als dicken Brei vorstellt, der Form und Art, wie ein Gebäck, von der Knochenschale bekommt. Es erschien ihm daher in grüblerischen Stunden äußerst verwunderlich, daß er noch nicht einmal auf die Idee gekommen war, die Karolinger als Drama zu behandeln und den Menonit in den Mittelpunkt eines Schauspiels zu stellen; ja, daß er sich eigentlich nur eines einzigen Falles erinnern konnte, in dem er den Versuch gemacht hatte, zu dichten. Obschon er damals – für das Album einer heiß verehrten jungen Dame, die später einen anderen heiratete – die Versfüße mit kaufmännischer Gewandtheit abgezählt und mit Hilfe einer antiquarisch gekauften »Poetik« auch die Reime auf ihre Reinheit kontrolliert hatte, war das Poem besonders durch gewisse, dem Geschäftsverkehr entlehnte Ausdrücke und üppig verwendete Fremdwörter doch nur von mäßigem Reiz. Trotzdem hatte es ihn gekränkt, daß ein respektloser Vetter, wie er später einmal durch Zufall entdeckte, das nächste Blatt zu folgendem üblen Reimspiel benutzt hatte:

>»Das ist das heutige Malheur:
>Ein jeder commis voyageur,

Der dich verehrt de tout son coeur,
Schreibt hier gefühlvoll Verse her.
Drum: hat ein Dichter point d'honneur,
So spricht er ehrlich: Quel horreur!
Und dichtet selber gar nichts mehr.

Dieses wünscht dir in ehrlichster Gesinnung für dich und dein Stammbuch dein treuer Vetter Julius.« ...

Diese Erinnerung quälte ihn. Aber er tröstete sich. Es war offenbar Zeit, Übung, Gelegenheit, die ihm gefehlt hatte. Wenn jetzt die Leute, denen er die Bilder von Wildenbruch zeigte – und er zeigte sie jedem, der sie sehen wollte und manchem, der sie nicht sehen wollte – verwundert ausriefen: »Nein, wie ähnlich Sie dem Manne sehen!«, so kam ihm das so vor, als wollten sie eigentlich damit sagen: »Mein lieber Herr Dappé, wir sind überzeugt, wenn Sie nicht zufällig anderes zu tun hätten, wären Sie es gewesen, der die ›Karolinger‹ geschrieben hätte.«

Als aber in jener Zeit ein Berliner Journalist (den zwar zwischen dem Charlottenburger Mausoleum und dem Ostend Karl Weiß-Theater niemand kannte, der aber gern mit dem schmerzlichen Lächeln des Überbürdeten seine Sätze einzuleiten beliebte: »Wer wie ich an exponiertester Stelle mitten im Kampfe der Geister steht ...«) einen Vortrag in Limburg hielt über die erzieherischen Aufgaben der Bühne und Gottfried Dappé in der ersten Reihe feierlich lauschend auf seinem Platze saß, empfing dieser sowohl bei Beginn als nach Beendigung des zwar langen, aber etwas verworrenen Vortrages ein besonders tiefes Kompliment des Redners. Plötzlich kam dieser angenehme junge Mann auf ihn zu und beteuerte ihm unter abermaligen sehr tiefen Komplimenten, daß er aufs erfreulichste geschmeichelt sei, den berühmten Dramatiker, den er freilich hier nicht habe vermuten können, unter seinen Hörern gehabt zu haben. Gottfried Dappé verstand zwar sofort, aber als ein Bekannter, der diese Anrede gehört hatte, höchlichst erstaunt fragte: »Gottfried, was – du schreibst heimlich?« da packte ihn der Eitelkeitsteufel und ausweichend antwortete er, während er an der Garderobe seinen zerbeulten Hut wieder zurechtbog: »Ja, lieber Himmel, was tut der Mensch nicht alles!«

Mit diesem Vortrag, diesem Mann, der »an exponiertester Stelle im Kampf der Geister stand,« und diesem Gespräch an der Garderobe brachte man später Gottfried Dappés Entschluß, nach Berlin überzusiedeln, in Verbindung. Diese Vermutungen haben die Wahrscheinlichkeit nicht gegen sich.

Jedenfalls nahm durch diese Übersiedelung das Schicksal Gottfried Dappés seine tragische Wendung. Die ersten Tage und Wochen erfreute er sich an der unverdienten Popularität, die er in Berlin genoß. Er wurde viel gegrüßt von Unbekannten auf der Straße und hatte im Theater und wo er sonst erschien, die Freude, bemerkt, gezeigt und erklärt zu werden. Das tat ihm wohl und er setzte seinen Stolz darein, würdig und leutselig zugleich zu repräsentieren.

Die erste Bitterkeit brachte ihm ein offenbar nicht ganz geistesklarer Student, der ihn im Café Klose in einer Ecke an ein Tischchen drängte, seinen Versicherungen, er sei wahrhaftig nicht Wildenbruch, keinen Glauben schenkte und ihm unbekümmert um die umsitzenden Gäste ein Drama vorlas, in dem der König Tarquinius Priscus mit seiner Gemahlin Tanaquil viel Unglück hatte und schließlich außerordentlich roh umgebracht wurde. Derselbe Student nötigte ihn leider auch, ein von ihm erfundenes Getränk, das die Kellner ihn mit Lächeln aus Kognak, Sherry Brandy, Zimt, Zitronensaft, Jamaika-Rum und heißem Wasser bereiten sahen, in so beträchtlicher Quantität trinken, daß er zwei Tage einen Kopf wie eine Trommel hatte und sich nur mit Mühe noch entsinnen konnte, daß er in sehr vorgerückter Stunde dem literarischen jungen Freunde fünfzig Mark für die Drucklegung der Schicksale des Königs Tarquinius Priscus geliehen hatte; eine Summe, die in gar keinem Verhältnis stand zu seinem Interesse für diesen törichten Römer.

Viel schlimmer, als solche Erlebnisse aber war für ihn die große Enttäuschung, daß auch jetzt, nachdem er sein Geschäft aufgegeben hatte und somit die Zeit und Möglichkeit gegeben war, dichterisch zu schaffen und die Schädeltheorie praktisch zu erproben, seine Muse durchaus unfruchtbar blieb. Er saß oft stundenlang vor großen schönen Bogen weißen Papiers und wartete auf die Inspiration. Es fiel ihm nichts ein . . . Er kaufte sich Stakes deutsche Geschichte, um nach Dramenstoffen darin zu suchen, aber merkwürdig: was noch nicht weggedichtet war, das schien ihm die poetische Behandlung nicht zu lohnen. Und was ihn gereizt hätte zur dichterischen Betätigung, wie zum Exempel der »Wallenstein« – das war eben schon geschrieben. So wurde sein Herz immer voller und sein Papier blieb leer.

Er hatte niemanden, dem er dies Herz ausschütten mochte. Der alte Onkel in der Belle-Alliance-Straße war stocktaub, und in den Zimmern roch es atembeklemmend nach weißen Mäusen, die in einem Dutzend der verschiedenartigsten Käfige mit Eifer ihren Familiengeschäften oblagen. Die wenigen Wirtshausbekannten hätten niemals Verständnis gehabt für sein literarisches Leid. Vereinzelte Huldigungen freuten ihn nicht mehr. Es schlich sich jetzt doch langsam das Gefühl ein, daß sie ihm nicht zukamen. An der Schädeltheorie mußte was nicht stimmen.

Er alterte zusehends. Den Erfolg der »Quitzows« erlebte er noch. Aber die Gratulationen von Unbekannten auf der Straße hatten ihren Reiz verloren.

Wenige Monate später erkrankte er. Während seines Krankenlagers mußte er sich den Bart wachsen lassen und mit jedem Millimeter, den die Stoppeln an Kinn und Wange wuchsen, verschwand die Ähnlichkeit mehr und mehr, die sein Herz erfüllt, sein Hirn umnebelt und sein Leben aus dem Gleise gedrängt hatte.

An dem Tag, an dem der Arzt eine wesentliche Besserung konstatiert hatte, steigerte sich das Fieber plötzlich wieder rapid. Er fing an zu deklamieren und sein Krankenwärter, der sah, daß es zu Ende ging, und der die Marotte hatte, die »letzten Worte« aller Leute, die er sterben sah, aufzuzeichnen, stenographierte mit wachsendem Erstaunen die folgenden Verse:

> Geh', Enkelin, schließe mir auf den Schrank,
>   Laß meine Medaille mich schauen,
> Und putze sie mir recht blitzend und blank
> Und häng' sie am Band, am gestreiften, recht lang
>   An den Rock mir, den guten, den blauen.

Das erschien dem Wärter doppelt merkwürdig, da er zu wissen glaubte, daß Gottfried Dappé Junggeselle sei. Allerdings in der

Todesstunde ändern sich die Familienverhältnisse oft wunderbar ... Und schließlich der Pfleger konnte nicht wissen, daß die Verse von Wildenbruch waren und nicht von Gottfried Dappé, der es weder zu Enkelinnen noch zu Medaillen noch zu eignen Versen in seinem Leben gebracht hatte.

Als er gestorben war, fand man auf seinem Nachttisch unter den Arzneiflaschen einen Zettel, daß er vor seiner Beerdigung sorgfältig rasiert zu sein wünsche. Was sonst mit ihm geschehe, sei ihm gleichgültig. Die Ähnlichkeit war sein letzter Gedanke ...

Man redet jetzt wieder viel von Doppelgängerkomödien. Ich meine, die armen Narren, die solchen Komödien zum Opfer fallen, tragen ein Martyrium, wie kein anderer. Wenn einer aus harmlosem Wahnsinn oder tyrannischer Eitelkeit nicht mal er selbst sein darf und schon seinen eignen Körper nur als eine zugerichtete Verkleidung durch die Welt trägt – was bleibt ihm da?

Nein, nein, es ist wirklich besser, sein Leben lang wollene Unterjacken zu verkaufen oder Ostseekrabben in Büchsen, als sein kurzes Leben an solche Komödie zu hängen ...

Reiselust.

Es gibt nichts, was die Menschen so rasch und so gründlich verändert, wie das Reisen. Nicht etwa nur, daß ein Weitgereister, der viele Menschen, Städte gesehen und Herzen ergründet, als ein Anderer, ein Reiferer, Ruhigerer zurückkommt. Nein, ich meine: Herr Müller auf Reisen ist ein ganz anderer, als Herr Müller zu Hause. Und das wird mit Herrn Schulze und Herrn Neumann nicht anders sein.

Einer, der zu Hause in einem abgeschabten, grünen Lodenjöppchen umhergeht, meist unrasiert, einen schlecht gewickelten Regenschirm unter dem Arm, spielt gern die wenigen Sommerwochen der Freiheit den ganz verfluchten Kerl, läßt einen weißen Strandanzug um seine ambrosischen Glieder schlottern, setzt einen verwegenen Florentiner-Strohhut schief aufs Ohr und schwingt ein silberbeknauftes Bambusröhrchen zwischen den Fingern. Weil er zu Hause schlecht oder überhaupt nicht bedient wird, klingelt er im Hotel den ganzen lieben Tag – »dem Kellner einmal, dem Hausburschen zweimal, dem Stubenmädchen dreimal« – und hetzt für sein Geld die Leute brav durcheinander. Und wer elf Monate im Jahre daheim den Patenten spielt, der liebt's, sich in der Sommerfrische eine grüne Joppe anzuziehen und mit recht dicksohligen Stiefeln seinen Morgengang auf die meist ungefährlichen Gipfel der nächsten Hügel zu unternehmen.

So läßt eine Reisebekanntschaft nie auf den Charakter schließen. Der Charakter ist zu Hause geblieben, der bewacht das Haus. Was sich da auf Urlaub tummelt, ist oft nur eure Karikatur von dem Original, das die elf anderen Monate im Jahre vielleicht ganz brav, ganz bieder und ganz brauchbar sein saures Tagewerk herunterschuftet.

Darum: man soll auf der Reise jede Dummheit machen, die einem Laune, Temperament und das unsagbare Wohlgefühl der plötzlich errungenen und, wie man weiß, nur kurzen Freiheit eingeben. Aber die folgenden vier Kardinaldummheiten soll man ängstlich vermeiden:

1. Man soll sich nie ein Hektoliter von dem Wein, der einem im Hotel am Laguner See oder in Norderney an der Table d'hote zwischen zwei hübschen Engländerinnen geschmeckt hat, nach Hause bestellen, ihn dort als Tischwein zu trinken. Er schmeckt zu Hause anders, und wenn der Händler in zehn Briefen beschwört, daß es dieselbe Marke ist. Das kommt vielleicht daher, daß man zu Hause nicht zwischen zwei hübschen Engländerinnen sitzt.

2. Man soll nie das Zimmermädchen eines Hotels in gleicher Stellung für sein bürgerliches Heim verpflichten, geblendet von dem Wahn, daß dieses Juwel eines Dienstboten seine Geschäfte und Pflichten zu Hause ebensogut verstehen wird, wie am Titisee im Schwarzwald oder in Dangast an der Ostsee. Dieses wird nämlich in 99 von 100 Fällen durchaus nicht der Fall sein. Denn im Hotel arbeitet das Mädchen für ein Trinkgeld, das sie noch nicht kennt und durch Liebenswürdigkeit und milde Freundlichkeit der Sitten zu mehren trachtet; daheim aber arbeitet sie für einen festgesetzten Lohn, und deshalb arbeitet sie möglichst wenig. Und dann: am Titisee oder in Dangast liegen weder Dragoner, noch Ulanen, noch Grenadiere. Zu Hause aber nicht nur Dragoner, Grenadiere und Ulanen, sondern auch noch Kürassiere. Und Train!

3. Man soll niemals einen sonst unbekannten Herrn, nur weil er durch vier Wochen ein »reizender Tischnachbar« war, die Forellen nicht mit dem Messer bearbeitete, beim Kauen nicht mit den Lippen schmatzte und jeden Tag zwei neue Scherze erzählte, als Logierbesuch zu sich einladen. Denn erstens: der Mann kommt wirklich. Zweitens: die guten Manieren gehören oft nur zur Ferientoilette; und drittens. mehr Witze, als die er im Bade erzählt hat, weiß er gewöhnlich nicht.

4. Man soll sich niemals bei einem schönen Sonnenuntergang, wenn das Meer glitzert und die alten Tannen rauschen, mit einer jungen Dame verloben, die so entzückend graziös im Strandkorb sitzt und so entzückend naiv über Himmel und Meer und ewige Dinge plaudert. Denn: die schönen Sonnenuntergänge sind daheim selten. Meer und Tannen hört man daheim nicht rauschen. Der Hintergrund eines Strandkorbes wird daheim selten geboten. Es bleibt also dann nur die »Naivität« übrig, die sich leicht auch auf Angelegenheiten der Küche, des Haushalts und des täglichen Le-

bens erstreckt. Dann aber wirkt sie peinlich. Außerdem aber hat solche junge Dame häufig noch Verwandte, die dem Sonnenuntergang damals aus guten Gründen fern blieben, später aber in deutliche und fühlbare Erscheinung treten. Dann wird's Tag.

. . . Vor allem aber soll man sich hüten, Leuten, die eine weite Reise tun, einen Rat zu geben. War der Rat gut, dann wird er entweder überhaupt nicht befolgt; und dann ärgert man sich, daß man seine Weisheit allzu freigebig verschwendet. Oder ja, er wird befolgt, und die Sache verläuft zur allgemeinen Zufriedenheit, so kann man hundert gegen eins wetten, daß die so gut Beratenen, heimgekehrt, Stein und Bein schwören, sie selbst seien auf den ausgezeichneten Einfall gekommen, die Reise so oder so zu machen.

. . . Ich erinnere mich noch mit großem Vergnügen eines alten Onkels, der in der ganzen Familie großes Ansehen genoß, weil er seine besten Junggesellenjahre damit verbracht hatte, die halbe Welt zu sehen.

Er hatte eine sinnige Sammlung von Menükarten von beiläufig fünfhundertunddreißig Hotels aller Länder, und wenn ihn ein Ischiasanfall zwang, noch tief in den März hinein zu Hausse zu bleiben, so aß er diese Menüs jeden Tag einmal durch; nur in der Phantasie natürlich. Er las auch gerne daraus vor. Das war durchaus nicht so langweilig; er las mit Ausdruck, ja mehr als das: mit Gefühl. Ich habe niemals auf der Bühne einen Romeo mit solcher Zärtlichkeit von Juliens Hand und Lippen reden hören, wie mein Onkel von den gedämpften Kalbsfüßen à la Milanese im Hotel Quirinal in Rom oder von dem Ochsenmaulsalat im Hotel de Paris in Christiania sprach . . .

Nun gut, als ich ein ganz junger Student war, fragte ich diesen Vielgereisten um Rat. Ich wollte durch ganz Italien fahren bis Brindisi und dann langsam, an allen Stationen, die große Erinnerungen oder Naturschönheiten versprachen, verweilend, wieder zurück. Der Plan war ein wenig blödsinnig; aber wenn man zwanzig Jahre alt ist, macht man leicht noch blödsinnigere Sachen. Nun sollte mir der vorzügliche Verwandte seinen Rat in einer schwierigen Frage erteilen: in welcher Klasse könnte ich wohl am besten reisen? In der ersten? – das erleichterte mein Reisebudget gleich um ein Bedeutendes. Aber, wenn der Onkel meinte – –?

»Nein!« sagte der Vielgereiste, indem er fast zornig das blauge-
ränderte Menü zum Lunch auf dem Schnelldampfer »Kleopatra,«
Sonntag, 10. Mai 1887, zu den übrigen Kärtchen warf, »nein, das
mußt du nicht tun. Die erste Klasse in Italien – damit habe ich üble
Erfahrungen gemacht. Ich bin mal von Genua nach Monte Carlo in
so 'nem rotgepolsterten Coupé gefahren – na, daran werd' ich denken! Hast du schon mal gehört, daß in der dritten Klasse ein Raub-
mord verübt worden ist? Nein. In der zweiten Klasse ist's schon
eine große Seltenheit. Aber in der ersten siehst du – von fünfzig
Raubanfällen auf der Eisenbahn kommen neunundvierzig auf die
erste Klasse. Also, bitte, das hat ein Statistiker nachgewiesen. Ist
auch natürlich. Wenn so ein Lump schon mal rauben will, so wird
er sich vermutlich ein Opfer aussuchen, das möglichst viel Geld hat,
und ein Coupé, in dem möglichst keine Zeugen sind. In der ersten
sind nur sechs Plätze. Wer erster Klasse reist, der führt gewöhnlich
mehr blaue Scheine bei sich, als ein Bäuerlein in der dritten, nicht
wahr? Also, wie gesagt, auf der Fahrt von Genua nach Monte Carlo
hatt' ich mal ein Abenteuer, das einen von der Vorliebe für die erste
Klasse kurieren kann.

Ich hatte mir eine Flasche Rotwein, einen ›Secolo‹ und fünf Oran-
gen gekauft und dem Kondukteur fünf Frank Trinkgeld gegeben,
daß er mir ein leeres Coupé gibt. Ich wollte die herrliche Fahrt hoch
auf dem Felsenweg, immer am Meere entlang, so recht von Herzen
genießen und vom Fenster links zum Fenster rechts eilen können,
ohne über vier karierte Engländerbeine zu klettern, die sich nicht
regen.

Partenza!

Ich setze mich bequem in den Mittelsitz. Da plötzlich – eben geht
ein erster Ruck durch den Wagen – reißt ein sehr erhitzt aussehen-
der Mann die Coupétür auf und läßt sich ohne Gruß auf den Sitz
mir gegenüber fallen.

Der Unwillkommene ist ganz schwarz gekleidet mit erstaunlicher
Ersparnis an Wäsche. Er hat kein Gepäck. Seine schwarzen stechen-
den Augen gleiten nur suchend das Gepäcknetz entlang, mustern
mit verdächtigem Interesse meine beiden neuen, gelben Handta-
schen, fahren dann über meine ganze Figur, als ob sie mich entklei-
den wollten, und bleiben schließlich starr auf meinem Hals haften.

Ich bemühe mich, im ›Secolo‹ zu lesen; aber ich kann das Unbehagen nicht los werden; ich fühle immer den Blick des unangenehmen Herrn auf meinem nackten Hals.

Pegli–Voltri–Savona – ich habe nichts, einfach nichts von der Fahrt gehabt.

Ich lese im ›Secolo,‹ daß eine alte Russin auf der Fahrt Neapel-Rom im Eisenbahnwagen narkotisiert und beraubt worden ist. Mein Gegenüber regt sich nicht.

Tunnel folgt auf Tunnel. Wenn wir einfahren, fasse ich meinen Regenschirm fester, um für jeden meuchlings erfolgenden Angriff gewappnet zu sein. Wenn wir hinausfahren in die lachende Landschaft – das heißt ich glaube, sie lacht, weil ich davon gehört habe, sehen kann ich's nicht – sitzt mein Gegenüber noch unbeweglich da und starrt auf meinen Hals, unverwandt auf meinen Hals. Sucht er die Stelle, wo er mich erdrosseln will? Der Angstschweiß bricht mir aus. Ich fühle, daß ich mit den Händen zittere; das hält mich ab, ein Glas Wein zu trinken, obschon meine Kehle total trocken ist und meine Nerven danach verlangen. Kurz vor San Remo – die blühenden Orangenbäume senden ihren süßen Duft ins Coupé – erhebt sich mein unheimliches Gegenüber halb aus den Kissen, und immer noch meinen Hals anstarrend, sagt er auf italienisch: »Verzeihen Sie, mein Herr, haben Sie sich in Genua rasieren lassen?«

Ich habe das Gefühl, daß ich stottere vor Angst. »Ja, allerdings,« sag' ich, »aber –«

»Sie haben einen äußerst merkwürdigen Bartwuchs, mein Herr. Äußerst merkwürdig! Ja, Sie haben einen kleinen Haarwirbel unter dem Kinn, auf der rechten Halsseite. Darauf muß ein geschickter Raseur Rücksicht nehmen; sonst *blutet* das immer. Aber die wenigsten sehen das. Pah, wer kann überhaupt heute noch rasieren! Die Genueser Friseure sind schon gar nichts, wie Stümper!«

Ich vermute, daß der Mann irrsinnig ist, und mein ängstlicher Blick mag das auch ausgedrückt haben.

»Ah – Sie meinen, woher ich das weiß? Ich sehe das. Ich bin nämlich der Barbier des Fürsten Orlandini-Barberuzzo. Ich muß Se. Durchlaucht auf allen Reisen begleiten. Überall hin. Se. Durchlaucht hat nämlich ganz denselben Haarwirbel auf der anderen Seite des Halses. Er hat sich an mein Messer gewöhnt. Unter jedem anderen blutet der Hals Sr. Durchlaucht. Vorhin wäre ich beinahe zu spät bekommen. Sie bemerkten das? Das hätte meine Entlassung bedeutet. Denn in Monte Carlo will der Fürst sofort rasiert sein. Da bin ich lieber ins erste beste Coupé gesprungen. Ich werde in Monte Carlo nachzahlen müssen. Das macht nichts; ich bedaure es durchaus nicht. Ich habe das Wunderbare erlebt, einen Mann zu finden, der den *selben* Haarwirbel am Halse hat, wie der Fürst Orlandini-Barberuzzo. Sie gestatten doch, daß ich darüber an unser Fachblatt in Rom berichte?«

. . . So erzählte mein Onkel, dann vertiefte sich der merkwürdige Mann, der dem Fürsten Orlandini-Barberuzzo am Halse ähnlich sah, wieder in das Studium seiner geliebten Menüsammlung.

»Du meinst also, Onkel, ich sollte zweiter Klasse fahren?«

»Nein,« sagte der Vielgereiste bedächtig, »das meine ich durchaus nicht. Die zweite Klasse in Italien ist, was bei uns die dritte Klasse ist. Alle bessere Landbevölkerung steigt an den kleinen Stationen ein, schwatzt, streitet, spuckt fortwährend auf den Boden, raucht sehr schlechte Virginia und riecht äußerst sonderbar. Das wirklich charakteristische Leben aber spielt sich überhaupt in der dritten Klasse ab.«

»Also würdest du mir raten in der dritten Klasse zu fahren. Das würde meinem Geldbeutel sehr wohl tun.«

Der Onkel seufzte schwer, wie in einer höchst peinlichen Erinnerung.

»Die Bänke sind dort sehr hart,« sagte er, »und die Luft nicht gerade mit Myrrhen und Efeu geschwängert. Ich fuhr mal aus Interesse für das Volksleben in der dritten Klasse von Pisa nach Turin. An *die* Fahrt werde ich denken. Links hatte ich einen alten Bauer, der zwei Hühner, lebende Hühner, mit den Füßen aneinander gebunden, zwischen seinen Beinen hielt. Die Tiere waren sehr unruhig; und wenn ich ein Huhn gewesen wäre, die Situation hätte mir auch keine Freude gemacht. Auf meiner anderen Seite saß ein sauber rasierter, rundlicher Abbate, der halblaut in einem kleinen Erbauungsbuche las.

So oft die Hühner des Bauern in ihrer Angst nun gackerten oder an der Fessel zerrten, daß die kleinen Federchen flogen, sah mich der geistliche Herr mit einem langen tadelnden Blick von der Seite an. Das ärgerte mich, denn mir war schließlich dieses unruhige Federvieh genau so widerwärtig wie ihm.

Mir gegenüber saß eine Straßensängerin, die zu irgend einem Volksfeste fuhr. Sie hatte die Mandoline, in ein schmutzig-blaues Tuch geschlagen, auf dem Schoß. Um den Hals hingen ihr goldene Glasperlen, dick wie Roßkastanien, und ihre fertigen, reichberingten Hände fuhren manchmal im Traume in die Luft. Sie schlief, die Gute, schnarchte und schwitzte sehr dabei.

Es war unerträglich heiß in dem Coupé und die Mücken waren voll Scherz und Munterkeit. Ganz besonders dem Bäuerlein neben mir machten sie zu schaffen. Und als der Gequälte schließlich in heller Wut über die Zudringlichkeit eines solchen Quälgeistes sich mit beiden Händen nach der Nase fuhr, zerrissen die zappelnden Hühnerbeine den Strick.

Die schwarze Henne flog gackernd an meinem Gesicht vorbei nach der Wagendecke, wobei sie dem Abbate das Erbauungsbuch so unglücklich aus der Hand schlug, daß es zum Fenster hinaus-wippte. Die gesprenkelte Henne aber flatterte der schlafenden Mandolinensängerin auf den Kopf. Kreischend fuhr die dicke und nicht mehr junge Dame aus ihrem gesunden Schlaf auf, und da sie mich, der ich dem Bäuerlein die Hühner einfangen helfen wollte, vor sich stehen sah, war sie wohl der Ansicht, ich habe, berauscht von dem Anblick ihrer sinnverwirrenden Reize, ihre unbewachte Tugend im Schlafe überfallen und sie küssen wollen. Und deshalb gab mir die resolute Dame, eh' ich mich's versah, mit ihrer dicken, fettigen Hand eine schallende Ohrfeige.

Diesen geeigneten Moment hatte das gesprenkelte Huhn benutzt, dem schwarzen nach und aus dem Fenster zu flattern.

Und nun hatten wir den schönsten Skandal in unserem Coupé. Der Bauer schimpfte, die Mandolinendame keifte und schalt, der Abbate versuchte zu beruhigen, wurde aber niedergeschrien; und zwei Arbeiter, die in den Fensterplätzen an der anderen Seite die ganze Zeit geschlafen hatten, waren nun ebenfalls aufgesprungen und machten mich, so viel ich verstand, für alles verantwortlich.

Einfach für alles, für die Mücken und die Hühner, für das verlorene Buch des Abbate und für die bei dem allgemeinen Skandal zertretene Mandoline.

In Ponte Nuovo, an der nächsten Station, ward ich zwei Karabinieri übergeben. Die verstanden meine Verteidigung natürlich genau so wenig, wie ich das Geschrei meiner Ankläger. Und um überhaupt weiter zu kommen – in dem elenden Nest war nicht mal ein Wirtshaus – hab' ich wirklich die Hühner und die Mandoline bezahlen müssen. Zusammmen so was wie dreißig Frank. Dafür hatt' ich aber Volksleben in der dritten Klasse studiert. Mich verlangte nicht nach mehr! . . .«

»Nein,« schloß mein Onkel seinen Leidensbericht, »zur dritten Klasse würde ich dir nicht raten.«

»Ja, erlaub' mal, Onkel, nun hast du mir nacheinander von *allen* Klassen abgeraten. Da bleibt ja schließlich nur noch der Viehwagen.«

»Ja,« stimmte der Vielgereiste freundlich bei, »in *dem* bin ich noch nicht gefahren. Aber du kannst's ja mal versuchen.« . . .

Die lieben Kritiker.

Ich habe einen alten Herrn gekannt, der zog sehr schöne Rosensorten im Sommer und schrieb sehr üble Bücher im Winter.

Im Sommer lebte er auf seinem kleinen Landgut in einem Seitentälchen des Rheins, okulierte und ging mit seinem Riesenstrohhut – er soll in Panama gearbeitet sein und fünfzig Mark gekostet haben, was für einen Strohhut immerhin ein erstaunlicher Kaufpreis ist – spazieren. Er behauptete, seine Baumschule bringe ihm Berge Goldes ein; in Wahrheit lebte er von erfreulichen Renten, die ihm ein aus 250 Meter Höhe gefallener Onkel vermacht, just als er – der Onkel – den lenkbaren Luftballon erfunden zu haben glaubte. Mein Gott, jeder hat heute seinen lenkbaren Luftballon, für den er Geld, Knochen und Zukunft zu Markte trägt. Aber nicht jeder stürzt so hoch ab; und nicht jeder kann abstürzend einen Neffen in den Stand setzen, Rosen zu okulieren, neue Sorten zu züchten und im Winter Bücher zu schreiben, auf die der pietätlose Sortimenter sein Frühstück stellt . . .

Im Winter, wenn die zarten Rosenstämmchen zum Halbkreis gebogen ihre Kronen, mit Stroh und Tannenreisern sorgsam vor der Kälte geschützt, verbergen, schrieb der alte Herr Bücher. Die Bücher enthielten wunderliche philosophische Systeme, allerlei aphoristische Gedanken, die er mit den Blattläusen im Sommer von seinen jungen Rosentrieben abgelesen. Der Verfasser selbst stellte diese Bücher weit über Schopenhauers »Parerga« und sehr hoch über Nietzsche. Den einen schlug er – seiner Ansicht nach – in der Form, den andern in der strengen Logik. Er anerkannte beide; aber er war zufriedener mir sich.

Dieser angenehme alte Herr, den ich sonst schätzte, weil er im Schach ein geradezu vorbildliches Bauernspiel spielte, pflegte, wenn er von der Kritik sprach, zu sagen: »Es gibt dreierlei Sorten von Kritikern. Es gibt einen Kritiker, der ein aufgeklärter Mensch ist und der das Große groß sieht. Es gibt einen Kritiker, der so gerecht ist, daß er sich des eignen Urteils enthält. Und es gibt einen Kritiker, für den die Sprache nur zu zwei Zwecken erfunden ist: erstens, um Zeilenhonorar zu schinden; zweitens: um hinter dem Gewurstel seiner Phrasen zu verbergen, daß er ein Rindvieh ist.«

Das war derb. Aber er ließ es sich nicht ausreden.

Sah man näher zu, welche Kritiker bei ihm nun in Klasse I, welche in Klasse II und welche in Klasse III fielen, so erwies es sich, daß das Häuflein der »aufgeklärten« Kritiker seine Bücher gelobt – er sagte: »verstanden« – hatte; daß die »gerechterweise sich des eignen Urteils enthaltenden« Kritiker die von ihm selbst verfaßten Waschzettel seines Verlages abgedruckt hatten; und daß die im Rankenwerk der Phrasen versteckten . . . (ich schäme mich, das Wort zweimal zu schreiben, und bitte oben nachzusehen) genau die Leute waren, die seine Theorien für Unsinn und seine Ausführungen für belanglos erklärt hatten.

Der Mann war sehr glücklich in seiner Theorie. Es ist zweifellos ein herrliches Gefühl, von allen »aufgeklärten Menschen« geschätzt, gelobt und der Nachwelt empfohlen zu werden. Es ist eine Freude, zu erfahren, daß gerechte Beurteiler sich einem so imponierenden Kopfe gegenüber in ihres Nichts durchbohrendem Gefühle nicht für kompetent erklären; und es muß den Schaffenstrieb des wahren Genius anregen, sich von dem R . . . . unverstanden und angeblökt zu wissen.

Ich habe später den Nachlaß des Rosenzüchters und Dichters geordnet. Beim Okulieren hatte er sich mit einer rostigen Gartenschere in den Daumen geschnitten. Eine Blutvergiftung war die Folge. Wenige Minuten vor seinem Tode hat er noch Aphorismen gesprochen. Aphorismen von einer Deutlichkeit und sinnlichen Kraft des Ausdrucks, daß die ihn betreuende barmherzige Schwester erklärte, sie hätte ihn nicht weiter gepflegt, wenn er am Leben geblieben wäre.

In den Nachlaßpapieren fand ich unter minder Verständlichem den von schönem Selbstbewußtsein leuchtenden Vers:

> Folgt das Geschrei der Tadler
> Dem Flug in Sonnenwelten,
> Was kümmert es den Adler
> Wenn ihn die Spatzen scheltend
>
> Die auf der Regentonne
> Von Dingskirchs Markt sich blähen,

Auf steilem Flug zur Sonne
Kann sie der Aar nicht sehen!

Ein glühender Verehrer des Verblichenen hat mich als Testamentsvollstrecker zwingen wollen, diesen Vers auf das Grab des Verewigten meißeln zu lassen. Ich habe das abgelehnt mit der Begründung, daß ich mich auf den Steinen der Toten gern der Beschimpfung der Lebendigen enthalte. Der Jüngling hat dann meine getreue Pflichterfüllung als Testamentsvollstrecker angezweifelt, und es ist ein Beleidigungsprozeß entstanden, der drei Jahre geschwebt und dann mit einem Urteil geendet hat, das ich wegen seines entsetzlichen Deutschs nie zu Ende gelesen habe.

Da aber noch kein Gerichtsvollzieher kam, die Geldstrafe einzuziehen, scheine ich den Prozeß gewonnen zu haben.

Ich habe einen jungen Menschen gekannt, der trug die merkwürdigsten Schlipse und machte noch viel merkwürdigere Gedichte.

Er hatte die Erfindung gemacht, daß sich die Verse hinten und vorn reimen müßten und daß es sehr hübsch sei, wenn der Dichter ein übriges täte und auch in der *Mitte* noch einen Gleichklang anbrächte.

Es ist kaum zu verwundern, daß dieser »Neutöner« nur einen beschränkten Kreis von Bewunderern fand. Immerhin, es gab auch solche. Und da er neben seiner Liebe zur Dichtkunst noch ein von früh verstorbenen Eltern überkommenes gutgehendes Geschäft für Delikatessen, Südfrüchte und feinere Parfümerien besaß, so hatte der Mann zu leben. Mehr als das. Er hatte so viel Geld übrig, daß er eine Monatsschrift herausgab. Auf den fünfzehn ersten Seiten tobten er und seine Jünger ihren lyrischen Wahnwitz aus; auf den fünf letzten Seiten empfahlen er und seine Geschäftsfreunde ihre Seifen, ihren Kaviar und ihre Messinaorangen. Es gab materiell gesinnte Menschen, denen die fünf letzten Seiten lieber waren, als die fünfzehn ersten.

Der junge Mann kam zuweilen an unsern Stammtisch, und ich hatte die Freude, seiner besonderen Freundschaft gewürdigt zu werden. Wenn ich ehrlich sein soll, so basierte dieses schöne Verhältnis darauf, daß ich als vorsichtiger Mann erklärt hatte, ich verstände von der Lyrik gar nichts. Ob sich die Verse vorn, hinten oder in der Mitte reimten, sei mir mindestens so gleichgültig, wie die Beratungen einer Dorfältestenversammlung der Suaheli-Neger; und außer »Deutschland, Deutschland, über alles –« und zwei oder drei Programmnummern der Schwestern Barrison habe sich niemals ein Lied meinem Gedächtnis eingeprägt. Merkwürdigerweise zog dieses Geständnis den jungen Poeten mächtig an. Es scheint, daß sehr bedeutende Menschen eine Vorliebe haben für solche Vorurteilslose, für solche noch unbekritzelte Tafeln eines fremden Gehirns, die sie mit ihrem Stift beschreiben können.

Das Unglück fügte es, daß unser Nachhauseweg vom Abendschoppen derselbe war. Und da es in der deutschen Mittelstadt, in der wir damals lebten, abends immer sehr windig war, und ich aus Furcht, mich zu erkälten, ungern gegen den Wind sprach, so hatte der vortreffliche Poet immer das Wort. Besonders der Mondschein regte ihn an. Es ging ihm da wie den jungen Hunden, die auch nicht stille sein können, sobald die gelbe Riesenpomeranze im blauen Himmel hängt. Er quälte mich dann stets mit seiner Familiengeschichte, die zum Verständnis seines Talentes notwendig war. Eine Tante von ihm hatte überhaupt nur in Reimen gesprochen. Auch kurz vor ihrem Tode noch, der leider im Irrenhaus erfolgt war. Und eine Schwester von ihm hatte als Mädchen sehr schöne Gedichte gemacht mit leisen Anklängen an Heine und Eichendorff; bis sie einen Biskuitfabrikanten in Mannheim heiratete. Da hörte die Poesie natürlich auf.

Auf diesen weihevollen Gängen vom »Roten Krokodil« nach den heimischen Penaten ließ er sich auch über die Kritik aus, und ich habe mir manches Vortreffliche aus seinen Ausführungen gemerkt.

Ein Kritiker, sagte er, ist wie eine Schmeißfliege. Sehen Sie, so ein Stück Kuchen, auf das sich so ein Biest setzt, geht nicht davon kaput, es wird nicht vergiftet und nicht aufgebraucht. Aber es ist ekelhaft, davon zu essen, mein' ich.

Ein Kritiker ist wie eine Hornisse, sagte er, Vespa crabro. Sie kennen dieses peinliche Tier! Von sieben solchen Hornissen angegriffen fällt ein Pferd, das hundertmal größer ist. Und sehen Sie, der alte

Pegasus ist nur ein Pferd. Er hat Flügel freilich. Aber die Hornissen haben auch Flügel. Und sieben Hornissen bringen ihn zu Fall.

Ein Kritiker ist wie ein Maulwurf, sagte er. Er gräbt sich Gänge unter der Erde, tief unter den Blumen; unter den Wurzeln der Blumen sogar. Dort macht er Jagd auf Engerlinge und Käferlarven und all so was, was noch nicht reif ist fürs Sonnenlicht. Und von Zeit zu Zeit wirft er mitten in den Blumenbeeten mit dem kräftigen Rücken und den breiten Schaufelpfoten einen abscheulichen Haufen auf, ganz nutzlos und zwecklos. Und dieser garstige Haufen sagt nur: Hier unten bin ich, hier unten grab' ich, hier unten freß' ich Engerlinge und Käferlarven; und um euern schönen, blumenreichen Ziergarten scher' ich mich den Teufel!

Ein Kritiker ist wie der weiße Elefant des Königs von Siam, sagte er. Alle Elefanten erzählen sich: Einer unseres Geschlechts ist am Hofe des Königs von Siam und wird sehr geehrt. Denn während wir alle braun sind oder grau und haben eine schmutzige Farbe, ist er ein weißer Elefant. Weiß vom Rüssel bis zur Schwanzspitze. Und in allen Ländern kennt man ihn und redet von dem weißen Elefanten des Königs von Siam . . . Wenn man aber nach Siam kommt und sieht sich den Elefanten an, dann ist er gar nicht weißer, als andere Elefanten. Nur irgendwo am Bein oder am Hinterteil hat er einen weißlichen Flecken, und er versteht's, sich immer so in seinem goldenen Stall zu drehen, daß man just den einzigen weißen Fleck auf der faltigen dicken Haut bemerken muß, der ihm den Ruhm eingetragen, daß er ein »weißer« Elefant ist.

Ich kenne einen steinalten Sonderling, der hat einmal in seinem Leben ein Stück geschrieben und drucken lassen.

Das sind vierzig Jahre her. Damals lebte Gutzkow noch und Otto Ludwig; und Gustav Freytag war längst durch die »Valentine,« die »Journalisten« und die »Fabier« bekannt geworden. An alle drei hatte der aus gutem Hause stammende Jüngling Empfehlungen. Und mit diesen Empfehlungen übersandte er jedem von den dreien ein Exemplar seines Dramas, in dem schließlich der Held die ungetreue Heldin im Angesicht der Mutter erdolchte.

Von Gustav Freytag kam zuerst Brief und Urteil: Talentvoll – aber aus den vier Akten hätten fünf werden müssen. Der Prosa sei in Anbetracht des Stoffes der Vers vorzuziehen gewesen. Und schließlich, es müsse jedes edlere Gefühl verletzen, daß die Mutter dabei stehe, wenn ihr Kind gerichtet, gemordet werde.

Dankbar sah der Jüngling das ein und begab sich eifrig an die Umarbeit. Mitten in diesem verdienstvollen Werk traf ihn ein Brief Gutzkows: Talentvoll – aber unreif. Aus den viel zu schleppenden vier Akten müßten drei zusammengezogen werden. Die Prosa sei zu veredeln und zu vertiefen. Und schließlich müsse die Heldin ihre Ruchlosigkeit vollmachen, indem sie den einst Geliebten töte. Diesem furchtbaren Vorgang empfehle es sich, seinen hilflosen, blinden Vater, nicht ihre Mutter, beiwohnen zu lassen. Was den Effekt außerordentlich steigern werde.

Dankbar mühte sich der Jüngling, auch das alles einzusehen. Er legte die nach Gustav Freytags Rat begonnene Änderung beiseite und begann nach Gutzkows Vorschlägen umzuändern. Als er mitten im dritten Akt war, traf ihn ein Brief Otto Ludwigs.

Talentvoll – schrieb er – aber dringender Verbesserung bedürftig. Die Einteilung der vier Akte müßte bleiben, aber das Ganze sei als derbes Bauernstück zu fassen, in diesem Sinne die Prosa zu verstärken und volkstümlicher zu gestalten – Heldin und Held müßten gemeinsam in den Tod gehen, aber ohne andere Zeugen als das Publikum. Es empfehle sich, die Mutter der Heldin schon zwischen den beiden letzten Akten durch Gift oder Gram zu töten.

Heute ist der Dichter reichlich siebzig Jahre. Er arbeitet immer noch an der Verbesserung seines Jugenddramas. Er hat alles schon versucht, die Wünsche der drei bedeutenden Berater in Einklang zu bringen. Er hat die Mutter und die Tochter und den Helden und seinen Vater schon abwechselnd getötet. In Prosa und in Versen. Aber immer, wenn er den einen der gestrengen Kritiker befriedigt hat, kommt ihm wieder der Brief des andern in die Hände und es scheint ihm, daß der recht hat.

Zweiunddreißig Fassungen des Dramas sind dem engeren Kreis seiner Freunde schon bekannt geworden. Aber zur Veröffentlichung einer einzigen ist er nicht zu bewegen.

»Ein ernster und echter Dichter,« sagt er, »muß jede kritische Anregung dankbar verwenden. Vor allem, wenn sie von bedeutender Seite kommt. Und ehe er dieser Anregungen gerecht geworden, soll er an keine neue Arbeit gehen . . .«

In der letzten Zeit zeigen sich traurige Symptome von Marasmus bei meinem alten Freunde. Der Arzt hat ihm das Lesen von Geschriebenem verboten. Und er weint viel, weil er sich nicht mehr erinnern kann, ob es Otto Ludwig war, der die Mutter als Zuschauerin des Mordes wünschte, und ob der Vorschlag, den blinden Vater des Helden an der Tragik zu beteiligen, von Gutzkow oder von Gustav Freytag ausging.

Zuweilen aber ist er auch schon ganz geistesabwesend und verlangt ungeduldig nur nach köstlichen Quittenpasteten, in deren Herstellung seine vor fünfzehn Jahren gestorbene Haushälterin Meisterin war. Aber er weiß nicht mehr, daß die Gute tot ist . . .

Phantasien über einen Prospekt.

»Stör' ich dich?«

»Ach nein, ich wollte nur gerade . . .«

»Ach nein – ich wollte nur . . . !? Also zu deutsch: ich hätte zu keiner ungelegeneren Stunde kommen können.«

»Aber nein, so schlimm ist's wirklich nicht. Ich war nur gerade mal dabei, eine Anzahl Prospekte durchzusehen –«

»Prospekte? Von was?«

»Na, ich gondele nächstens los. Ferien müssen auch mal sein. Und da hab' ich mir 'ne Anzahl Prospekte kommen lassen, um mal auszuwählen, wohin ich am besten die Schritte lenke.«

»Und das willst du – gestattest du, daß ich mich doch einen Augenblick setze? Ja? Danke. Ich kann dir vielleicht von Nutzen sein – das willst du also aus all den gedruckten ›Prospekten‹ da ersehen?«

»Ja. Ich lese mir das alles mal durch, ziehe dann die Kreise immer enger und enger, behalte schließlich eine ganz kleine Anzahl übrig, aus der ich wieder den Platz wähle, der landschaftlich meinen Neigungen, und das Hotel, das in puncto Preise meinem Geldbeutel das angemessenste erscheint.«

»Hm. Na ja. Du müßtest eben kein Deutscher und kein Pedant sein (was unter Umständen ganz dasselbe ist), wenn du's anders machtest.«

»Du meinst, ich sollte mir lieber von Freunden raten lassen?«

»Nein, das meine ich ganz entschieden nicht. Herr Müller würde dir zu Rigi Kulm raten, weil *er* dort mal *einen* schönen Sonnenaufgang gesehen hat. Herr Schulze würde dir Ostende empfehlen, weil er dort bloß fünfhundert Frank verloren und die schöne Kitty vom Budapester Orpheum just in dem Moment kennen gelernt hat, als ihr vortrefflicher kleiner ›böhmischer‹ Baron von der Familie eingeheimst und zur Hebung seiner Intelligenz und seines Gesamtbefindens in eine Kaltwasserheilanstalt gebracht wurde. Und Tulpental würde dich nirgends anders hindirigieren, als nach Heringsdorf, weil es in der Familientradition der Tulpentale liegt, daß das

Schicksal auf der Börse, die Kunst im ›Deutschen Theater‹ und die Gesundheit in Heringsdorf residiert. Wenn du dich an dem Platze, den dir ein anderer aussucht, wohl fühlen sollst, mußt du ihn erst bitten, aus seiner Haut zu fahren und sich daneben zu setzen.«

»Warum das?«

»Damit du in seine Haut fahren kannst, die sich an dem empfohlenen Platze so wohl gefühlt hat. Das ist die einzige Sicherheit. Kommst du in deiner eignen Haut, so hast du absolut gar keine Garantie, daß du empfinden wirst, wie Herr Müller, Herr Schulze oder Herr Tulpental.«

»Nicht so übel. Und aus diesem instinktiven Gefühl heraus habe ich auch keinen von den dreien gefragt. Auch sonst keinen. Ich habe mir einfach unter Kreuzband Prospekte kommen lassen und –«

»Und ziehst jetzt, wie Parzival ›durch Mitleid wissend der reine Tor‹ in die Welt. Darf ich mal so eins dieser köstlichen Reklameheftchen sehen?«

»Gewiß. Hier zum Beispiel Rosenberge, Hotel ›Zu den drei Kaisern.‹ Ich blätterte gerade darin. Es leuchtet mir sehr ein. Es scheint anmutig und nicht ohne Größe.«

»Wenn du erst dort bist, leuchtet's dir auch wieder hinaus. Rasch sogar. Ich kenn' es, dieses anmutige Rosenberge.‹

»Aber erlaub' mal, sieh dir doch das Bild auf dem Titelblatt an. Ein stattliches Hotel, eleganter Mittelbau, zwei Flügel. Der Wald ganz nahe, gleich dahinter die hohen Berge. Was mich noch ein bißchen abschreckt, ist der Verkehr vor dem Hotel. Vierspänner, Reiter, Radfahrer – Wenn man da nicht gerade ein Zimmer nach hinten zu bekommt, nach den Bergen zu, dann denk' ich mir's ein bißchen geräuschvoll.«

»Nun, was den Verkehr anbetrifft – darüber kann ich dich am Ende beruhigen. Das Bild entspricht nicht ganz der Wirklichkeit.«

»Aber das ist doch Photographie!«

»Behüte. Das ist nach einer Zeichnung, die vermutlich ein Verwandter des Wirts ›Zu den drei Kaisern‹ selbst gemacht hat. Denn ein Fernerstehender unterstünde sich kaum, so unverschämt zu lügen. Der Fahrweg vor dem Hotel ist in Wahrheit so schmal, daß die federlose Kutsche, die den Verkehr mit der nächsten, drei Stunden entfernten Bahnstation vermittelt, gerade allein mühsam darin rollen kann. Ein Vierspänner –? Grundgütiger! Illi robur et aes triplex circa pectus erat, der die Unverschämtheit hatte, einen Vierspänner dahin zu malen, wo außer friedlichen Kühen nur die obengenannte Kutsche, die zwei hartmäulige, vom Leben nichts mehr erwartende Fliegenschimmel ziehen, zu verkehren wagt.«

»Du bist jetzt lange nicht dort gewesen –«

»Zwei Jahre.«

»Nun siehst du! Vielleicht ist jetzt alles anders dort.«

»Ja, einiges ist anders. Ein Vetter von mir, der kürzlich, halbtot gefressen von den Mücken, fluchend wie ein Mameluck zurückkam aus diesem Paradies, hat mir's erzählt. Der Weg und ›Verkehr‹ ist derselbe geblieben. Der rechte Flügel des interessanten Hotels aber ist im letzten Winter durch Feuer zerstört worden. Dafür hat der linke Flügel – der linke Flügel – –«

»Nun? Der linke Flügel? Lach' doch nicht so albern!«

»Der linke Flügel hat nämlich nie existiert.«

»Nie – existiert –?«

»Nein. Er steht seit zehn Jahren auf dem Programm. Soll jedes Frühjahr in Angriff genommen werden. Aber es kommt nie dazu. Das Baumaterial ist so schwer zu beschaffen. Und dann – es liegt auch wirklich kein Bedürfnis vor. So viele Dumme finden sich nicht dort als Kurgäste ein.«

»Ich dächte doch, die Berge und der Wald – das sollte viele locken?«

»Berge – Wald? Ach so, diese edel geschwungenen Linien hinter dem Hotel?«

»Ja, sind die Berge etwa auch abgebrannt?«

»Das nicht. Sie sind da. Bloß die Entfernung hat der brave Zeichenknabe, der dieses herrliche Landschaftsbild aus dem Schatze seiner üppigen Phantasie gezaubert, nicht ganz richtig taxiert und wiedergegeben. Ein guter Fußgänger geht in drei bis vier Stunden vom Hotel bis zu diesen anmutigen Höhen, das heißt bis zum Fuße dieser Berge. Der Weg dorthin ist gänzlich schattenlos. Eine Strecke weit sind Pappeln gepflanzt, dann fallen auch diese kargen Schattenstreifchen fort. Wenn du also nach dem Frühstück weggehst, kannst du so zur Abendessenszeit wieder zurück sein. Die Gasthäuser, die du unterwegs triffst, haben eine sehr einfache Speisekarte: Speck – Eier – Eier und Speck – Speck und Eier. Wer's mag, wird's mögen. Die Sache hat nur das eine Gute, daß du das sogenannte Diner im Hotel versäumst.«

»Aber das ist doch gerade im Prospekt so rühmend hervorgehoben! Vier Gänge. Es schien mir fast zu viel.«

»Prospekt und immer Prospekt! Laß doch mal einen Schmierenkomödianten über sich selbst die Kritik schreiben! Da wirst du lesen, daß Matkowsky ihm nicht das Wasser reicht, und daß Kainz ihn nachweislich kopiert. Und erst einen Pianisten! Liszt ist ein Stümper, mit ihm verglichen; Rubinstein und Tausig waren Talentchen, aber der göttliche Funke, der ihn beseelt, fehlte gänzlich. Und solche Kritiken von sich selbst Entzückter über sich selbst – das sind die Hotelprospekte zur Reisezeit... Ein Diner von vier Gängen – hm, ja. Du kannst auch Rindfleisch und Salzkartoffeln und rote Rüben als drei Gänge auftragen. Eine Schüssel hübsch nach der anderen. Und wenn du die Heringe allein und auf frischen Tellern die Pellkartoffeln gibst, so hast du eben zwei ›Gänge‹... Ja, siehst du, wie legst du seufzend deinen schönen Prospekt beiseite. Ich aber sage dir, wenn auch alles das wahr wäre, was er verheißt – das ist es nie und nimmer! – und wenn die Berge und die Vierspänner und das köstliche Diner da wären, ja für das Wichtigste gibt dir doch so ein Prospekt keinerlei Garantie.«

»Was nennst du das Wichtigste?«

»Kennst du das Wort aus dem ›Tell‹: Es kann der Beste nicht im Frieden leben, wenn es dem bösen Nachbar nicht gefällt... Der ›Nachbar,‹ siehst du, das ist das Schlimme! Weißt du, wenn du von Berlin aus auf vier Wochen in Rosenberge gemietet hast, wer neben dir bei Tische sitzen wird? Nein, das kannst du nicht wissen. Und, siehst du, erst an solcher Sommerfrischlertafel erfährt man die Wahrheit des Tellschen Spruches und lernt darauf schwören. Vor sechs Jahren war ich nervös, sehr herunter. Ich sollte so eine Art Mastkur in der Rhön durchmachen, in einem kleinen Kurhaus; miete gleich für sechs Wochen und sitze beim ersten Mittagessen neben einem Kaufmann aus dem Posenschen, der ein halb grün halb lilafarbenes Muttermal auf der linken Backe hat, gerade auf der, die er mir zukehrt. Das ist an sich nichts Böses und nichts Unappetitliches. Aber ich habe das in meinem ganzen Leben nicht sehen können, ohne sofort allen Appetit zu verlieren. Der tüchtige Mann war an demselben Tage gekommen und blieb – auch sechs Wochen. Als ich abreiste, magerer, als ich gekommen, und eben zwei Schinkenbrötchen für unterwegs kaufte – die ersten, auf die ich mich freute – steckte er den Kopf aus dem Nebencoupé und war hoch erfreut. An der nächsten Station stieg er um, in mein Coupé. Die Brötchen hab' ich dem Schaffner geschenkt . . . Aber das ist noch gar nichts. Wenn du erst, wie ich mal, neben einer alten Dame sitzst, die eben ihren Mann verloren und von nichts anderem spricht, als wie er an der Riviera sterbend im Sonnenschein gesessen, wie er selbst gar nicht an sein Leberleiden glaubte, sondern meinte, er spüre nur einen alten Bruch; wie er dann kurz vor seinem Tode sagte: ›Karoline, hier riecht's nach Ölsardinen. Das erinnert mich an unsere Verlobung. An jenem Abend gab's auch Ölsardinen . . .‹, das war sein letztes Wort. Dann hat sie – nämlich Karoline, die alte Dame – ihren Getreuen in Eis über den Gotthard gebracht. In Chiasso und in Basel ist das Eis erneuert worden, in dem Eduard – er hieß Eduard – lag. Karoline hat selbst die Verpackung überwacht. Jetzt liegt er in Nieder-Zwehren bei Kassel, links vom Eingang, dritte Reihe, rechts das fünfte Grab. Ich bin nie dagewesen, aber ich finde es im Schlaf. So oft hat sie mir's erzählt. Und die Geschichte von dem Eis – jedesmal, sobald Eis auf den Tisch kam. Und dazu hat sie geweint, daß alle Leute von der Tafel zu uns hingesehen haben. Das kann ich schon in den Tod nicht ausstehen! Und ich bekam böse Blicke, als wäre ich der rohe Patron gewesen, der immer in diesem frischen Schmerz mit taktlosen Fragen stocherte. Ganz das Gegenteil! Ich lenkte immer ab. Aber sie kam von jedem Thema zu Eduard zurück. Sagte ich: ›Sehen Sie doch die schönen Nelken,‹ so seufzte sie: ›Eduard hat sie auch so geliebt.‹ Sagte ich: ›Ich habe heute mal ein paar Briefe nach Hause geschrieben,‹ so nickte sie wehmütig mit dem Kopf: ›Eduard schrieb stets nur auf die rechte Seite.‹ Sagte ich: ›Gestern abend war der Sirius wunderschön zu sehen,‹ so lächelte sie in seliger Erinnerung: ›Eduard hatte als Junggeselle einen Hund, der hatte auch einen griechischen Namen . . .‹ Ich sage dir, ich bin kein schlechter Kerl, aber wenn ich diesen Eduard hätte wecken und prügeln können, ich will für nichts einstehen! ... Das ist aber alles noch nichts gegen den Weltreisenden, neben dem ich acht Tage lang in Grindelwald saß, bis ich ausriß. Der Kerl hatte die ganze Welt gesehen, aber er sprach nur von – dem Ungeziefer, das er überall gefunden. Ich sage: ›Sie waren auch in Jerusalem?‹ Und er: ›Sie machen sich keinen Begriff, was es dort für Wanzen in den Hotels gibt.‹ Ich lenke ab: ›Aber zuletzt waren Sie in Kalifornien? Das muß ja ein Paradies sein!‹ Und er: ›Das schon. Aber dort gibt's eine Zecke, blutdürstiger und gefährlicher als alle Zecken der Alten Welt. Diese Biester beißen, sag' ich Ihnen! Das ist ein Gefühl, wie von zehn Stecknadeln. Den Tieren saugen sie sich an die Augenlider fest. Die Menschen zwicken sie in die Beine ...‹ Nach acht Tagen war meine Phantasie gefüllt mit Zecken, Wanzen, weißen Ameisen, Spinnen, Skorpionen und ähnlichem Getier. In Luzern hab' ich mich auf eine Hautkrankheit untersuchen lassen. ›Bloße Einbildung,‹ lachte der Arzt, ›Sie sind ganz gesund.‹ Es waren eben die Zecken des Weltbummlers, die mich zwickten ... Nein, mein Lieber. Nicht nach Prospekten reisen! Die Prospekte machen die ältesten Oberförster erröten. Und dann: sie garantieren dir nie, wer dein Nachbar wird. Fluchtbereit sein ist alles.«

»Ehrenvolles Vertrauen.«

Ich muß in meinem Gesicht etwas ungeheuer Vertrauenerweckendes haben für alle Leute, die nichts können, die sich aber einbilden, sie könnten was.

Es ist gar nicht zu sagen und zu zählen, was mir schon für schlechte Gedichte vorgelesen worden sind! Wunderbarerweise noch niemals ein gutes.

Doch ja; ich will ehrlich sein: einmal. Aber das hatte auch seinen Haken. Es erwies sich nämlich später, daß dieses eine sehr schöne Gedicht, das mir ein äußerst heruntergekommener »Kollege« mit gewinnendem Pathos vorlas, gar nicht von ihm war, sondern von Uhland. Und die zehn Mark, die ich ihm, von seinem Talent und seinem Unglück gerührt, a conto seiner künftigen Größe geliehen, habe ich niemals wiedergesehen.

Aber ich muß sagen, dieser Fall mit dem Kollegen Uhland war durchaus nicht der betrübendste. Ich möchte lieber von Zeit zu Zeit zehn Mark an solchen »Schatzgräber« verlieren, als immer wieder das skandierte Blech genießen müssen, das begeisterte Jünglinge oder Jungfrauen in ihren weihevollsten Stunden zutage fördern oder gänzlich unschuldigen Leuten vorzulesen sich berechtigt glauben.

Ich stehe oft vor dem Spiegel und frage mich: Woher kommt's nur? Ist die in der Basis so breit geratene Nase daran schuld oder der Schnurrbart, dem ich soviel Sorgfalt widme, und der mir Gutes mit Bösem vergilt? Oder sind's die leicht gelichteten »Geheimratsecken« über den Schläfen, die so anziehend auf blutige Dilettanten wirken? . . . Es gibt doch Hunderte von gleichfalls nicht vorbestraften Leuten, die schließlich durch ihre Persönlichkeit, durch die Reize ihres Wesens oder den Glanz ihres Namens diese furchtbaren Kerle mit den von Manuskripten stolz geschwellten Palettottaschen eher und stärker und nachhaltiger anziehen müßten, als gerade ich, der ich mein bescheidenes, beschauliches Dasein mit meinen eignen Schrullen und Narrheiten in aller Stille zu leben bestrebt bin und mich ungern auf den Markt wage. Aber nein – es ist mein Schicksal. Und erst, wenn ich in der Anatomie zu Heidelberg, der ich meinen interessanten Leichnam in Dankbarkeit vermacht habe, seziert werde, stellt vielleicht ein besonders begabter Physio-Psychologe die richtige Diagnose, wie es gekommen ist . . .

Das Furchtbare hat – wie alle Laster und Verhängnisse – früh begonnen. Sehr früh.

Ich war noch in Unterprima und zitterte um meine Versetzung. Von wegen der analytischen Geometrie. Zwischen dieser sonst sympathischen Wissenschaft und mir haben stets peinliche Mißverständnisse obgewaltet, die mir viel Dornen auf den Weg des humanistischen Gymnasiasten gestreut haben. Doch stand ich im Geruch, einen anständigen deutschen Aufsatz zu schreiben, und hatte das unermeßliche Glück, dieserhalb einmal mit einer silbernen Medaille ausgezeichnet zu werden.

Das ward mein Pech. Ich bin seitdem gegen alle silbernen Medaillen. Goldene – oder keine! Silber bringt mir Unglück.

Also damals – ich saß gerade über dem Lehrbuch von Henrici-Treutlein, das in den badischen Gymnasien den Lernenden als Zuchtrute auf den Rücken gebunden ist – besuchte mich eines Mittags eine Mutter mit ihrem Sohne. Die Mutter war Witwe eines Roßarztes. Witwen sind besonders geneigt, ihre männliche Nachkommenschaft zu überschätzen. Der Sohn war Untersekundaner.

Als das Mädchen mir den wunderlichen Doppelbesuch anmeldete, glaubte ich zuerst den Jüngling erwarten zu müssen, dem ich zwei Tage zuvor eine körperliche Züchtigung im Schulhof hatte angedeihen lassen müssen, weil er mich auf dem Korridor mit dem äußerst schmierigen, nassen Klassenschwamm geworfen hatte.

Das war nun allerdings ein Irrtum, wie ich sofort aus dem überaus freundlichen Wesen der eintretenden Mutter erkennen konnte. Diese junonische Erscheinung kam nicht um Vergeltung zu üben.

Wenn ich sage: es war eine Juno, so sage ich zu viel und zu wenig. So alt ist Juno in der Phantasie der galanten Römer nie geworden. Aber aus ihrer Körperlichkeit hätte man leicht zwei Göttermütter herstellen können. Es war eine ungemein plastische Dame.

»Sie sind doch der junge Mann, der kürzlich in der Aula die silberne Medaille bekommen hat?« Dabei prüfte sie mich, als ob sie mir so was durchaus nicht zutraute.

Ich stammelte einige bejahende Worte und betrachtete währenddessen den Sohn der scharmanten Dame, der allerdings in einem verwaschenen graugrünen Anzug und mit einem stumpfen Antlitz voller Frühlingspickel keinen im Sturm gewinnenden Anblick bot.

»Sie haben jedenfalls auch im Horaz eine gute Note?«

Ich war etwas verblüfft ob dieser inquisitorischen Unterhaltung; aber ich gab der Wahrheit die Ehre und bekannte: »Genügend, zum Teil gut.«

»Zum Teil gut –« wiederholte die Dame und nickte zustimmend, »ich dachte mir's wohl. Als ich Sie nämlich in der Aula beim Sedan-Akt sah, dachte ich mir's gleich, daß Sie im Horaz ›zum Teil gut‹ haben.«

Ich hatte in meiner großen Verwunderung vergessen, der freundlichen Dame einen Stuhl anzubieten. Aber sie saß schon.

Der Sohn vergnügte sich während dieser Zeit damit, den Goldfischen in meinem mit Stolz gehüteten Aquarium Papierschnitzel aus seiner Westentasche als Futter anzubieten, was ich nicht ohne sorgende Bekümmernis mit ansah.

»Ich kann leiden kein Latein« – sagte die Dame; was ich ihr aufs Wort glaubte. – »Mein Mann, der es sehr gut konnte, ist tot. Mein Bruder hat es vergessen. Mein Schwager, der es kann, lebt in Valparaiso . . .«

Ich dachte bei mir, daß diese Beziehungen der Familie des seligen Roßarztes zu der lateinischen Sprache mich eigentlich den Deubel angingen. Aber in verlegener Höflichkeit nahm ich jede einzelne Mitteilung mit gut geheucheltem Interesse entgegen.

»Ich habe einen Onkel,« erläuterte die gründliche Dame weiter, »der es vermutlich auch noch kann. Aber wir stehn nicht gut mit diesem Herrn, weil er meinen Adolf bei einer Erbschaft übervorteilt hat.«

Ich wußte zwar leider nicht, wer Adolf war, aber ich fand solches Benehmen auf alle Fälle sehr undelikat von einem Onkel, der Lateinisch konnte.

»Nun kam mir neulich der Einfall, Sie könnten mir vielleicht etwas Genaueres sagen. An die Lehrer möchte ich nicht gleich gehen, wissen Sie. Am Ende ist es nichts – na, und dann . . . Sie verstehen?«

Ich verstand zwar gar nichts; aber Figur und Redeweise der imponierenden Dame schüchterten mich ein. Ich glaube, wenn sie mich in diesem Augenblick gefragt hätte, ob ich fließend chinesisch spreche, oder ob ich schon einmal im Hundeschlitten quer durch Nowaja Semlja gefahren sei – ich hätte auch ein verlegenes Ja gestammelt.

»Schön. Also die Sache ist die. Mein Eduard glaubt sein Talent entdeckt zu haben, oder vielmehr ich habe meines Eduards Talent entdeckt . . . Komm mal her, Eduard!«

Das Talent Eduards konnte unmöglich auf zoologischem Gebiete liegen, denn meine Goldfische hatte er – wie ich wütend beobachtete – zuletzt mit den Tabakfasern einer Zigarette, die sich gleichfalls in seiner Rocktasche vorfand, zu füttern versucht.

»Mein Eduard hat nämlich ein metrisches Talent. Ich glaube wenigstens. Er hat einige Oden des Horaz übersetzt und mir vorgelesen. Ich sagte Ihnen schon – Eduard laß das! Komm hierher, sag' ich – sagte Ihnen schon, ich kann kein Latein – Eduard, hörst du nicht, du sollst hierher kommen! . . . Gerade deshalb möchte ich Ihnen die Proben vorlegen . . . Eduard, hast du die Mama nicht rufen hören?!«

Eduard entschloß sich endlich näher zu treten. Er zog aus der Tasche wenige Papiere von zweifelhafter Reinheit und suchte umständlich das Zusammengehörige.

Die Mutter beobachtete ihn mit jenem zärtlichstolzen Blick, der seit undenklichen Zeiten aus Mutteraugen glänzend das Talent der geliebten Söhne besonnt und erwärmt hat.

Ich aber war in diesem Augenblick sehr stolz. Ich debütierte hier in der Rolle des Kunstverständigen, des Protektors, des milden aber gerechten Richters, an dessen Mund und Stirnrunzeln ein Menschenschicksal hängt. So was schmeichelt. Ich überlegte mir, ob wohl Cousinchen Edith schon im Nebenzimmer bei meiner Schwester sei; ob sie uns hören könne; ob die süße, kleine, blonde Dumme auch begreifen würde, welche Rolle ich hier in der Familie des seligen Roßarztes zu spielen im Begriffe stand! Wenn sie's doch hörte . . . wenn doch!

»Lesen Sie, bitte, recht laut,« sagte ich gönnerhaft zu Eduard, der mit dem Ordnen der schmutzigen Papiere allmählich zu Ende zu kommen schien.

»Ja, Eduard, lies mit Ausdruck!« ermahnte die Mutter. »Überhaste dich nicht! Wir haben ja Zeit.«

Und Eduard las. Zuerst etwas mürrisch, dann kecker und freier.

»Es ist die einundzwanzigste Ode des ersten Buches,« leitete er ein, »die Ode auf die Latoiden.«

»Auf die Latoiden!« Kopfnickend wiederholte es die stolze Mutter wie ein Echo. Ob sie sich unter Latoiden nun Sternschnuppen oder Seeigel oder sonst was vorstellte, bleibt dahingestellt. Aber sie sprach es zärtlich aus: Latoiden . . .

»Ich werd's immer erst lateinisch sagen, damit Sie's wissen,« erläuterte Eduard. »Also passen Sie auf:

> Dianam tenerae dicite virgine
> intonsum, pueri, dicite Cynthium
> Latonamque supremo
> dilectam penitus Jovi.

Jetzt kommt's deutsch!« erklärte Eduard.

»Das ist nun von *ihm*,« erläuterte die Mutter und lehnte sich gemütlich zurück, um in bequemster Stellung die Poesie des Sohnes wohlig über sich hinfluten zu lassen.

Eduard las von dem fettigen Papier:

> »Preist die Diana, o ihr Mädchen,
> Rings im Städtchen.
> Den Apollo preist als Kenner,
> Ihr jungen Männer!

Und die Mutter Latona, die Jupiter freit',
Preist alle beid'!«

. . . Damals erlebte ich zum erstenmal die furchtbare Enttäuschung in meiner Seele. Ich war so ehrlich bemüht, ein Talent zu entdecken, und ich fand – einen Narren.

Die folgenden Verse von Eduards Übersetzung der schönen Ode zum Apollofest hab' ich längst vergessen – Gott sei Dank! Ich will's ihm auch nicht weiter anrechnen, daß er den Erymanthus mit seinen dunklen Tannenforsten mit dem braven Eurylochus verwechselte, jenem Schwager des Ulysses, der durch seine Vorsicht im Palast der Kirke der Verwandlung in ein Schwein entging. Auch daß er das Tal Tempe in Thessalien in seiner dichterischen Begeisterung beharrlich für eine römische Dame hielt und die Jünglinge ermahnte, diese anmutige Jungfrau zu lieben, sei ihm nicht nachgetragen. Aber die »Poesie« war furchtbar. Einfach erschreckend.

Ich suchte den beiden – Eduard und seiner Mutter – mild beizukommen. Ich machte den Dichter schonend darauf aufmerksam, daß doch zum Beispiel von »rings im Städtchen« nichts vorkomme im lateinischen Text, und daß die jungen Männer nirgends »als Kenner« aufgerufen würden.

»Das ist poetische Lizenz,« belehrte mich die Mutter, sichtlich schon etwas verstimmt.

Und Eduard fügte, verächtlich mit den Achseln zuckend, hinzu: »Wenn ich wörtlich übersetzen wollte, brauchte ich doch nicht zu reimen.«

Im weiteren belehrte mich die Witwe des seligen Roßarztes, daß Grillparzer gesagt habe: »Bildung ist das Gleichgewicht – Talent ist ein Übergewicht« – wobei sie das Übergewicht des Talents Eduards in den gänzlich überflüssigen Zusätzen seiner Übersetzung sah. Ferner teilte sie mir mit, Schlegel habe sich mal dahin geäußert: Verstand sei mechanischer, Witz sei chemischer, Genie aber sei organischer Geist. Was ich sehr tief, etwas unverständlich und in seiner Anwendung auf Eduards üble Verse einfach unbrauchbar fand. Auch darüber klärte mich die allmählich in eine Kampfstimmung übergehende Dame auf, daß Verstand nur Licht ohne Wärme sei, Phantasie nur Wärme ohne Licht. Beide vereint – sie blickte mit inniger Genugtuung auf Eduard, der sich wieder am Aquarium beschäftigte, und gab mir zu verstehen, wo sie diese Vereinigung suchen zu müssen glaube – beide vereint erst gäben das Genie, welches leuchtet und wärmt.

Schließlich, als ich immer noch nicht die poetischen Lizenzen in Eduards holprigen Versen preisen konnte, zankte sie mich förmlich aus. Sie zitierte Jean Paul, Hippel, Goethe, David Strauß und den toten Roßarzt, um mir zu beweisen, daß man Genie nur darin beweise, daß man sich durchaus an keine Regeln kehre. Schließlich warf sie mir meine silberne Medaille vor, mit der ich doch wirklich nicht renommiert hatte, und urteilte im höhnischen Ton, ich hätte »das Münzchen« doch wohl für meine Leistungen in der Grammatik bekommen.

»Oder in der Mathematik,« brummte Eduard verächtlich, indem er mit einem Füllfederhalter heftig und heimtückisch nach dem ängstlich herumschießenden Wetteraal stieß.

Kurz und gut: wenn ich den Erfolg meines ersten Debüts als kritischer Vertrauensmann heute überdenke, so läßt er sich dahin zusammenfassen: Ich hatte mir einige Grobheiten sagen und die gänzliche Wertlosigkeit meiner silbernen Medaille beweisen lassen müssen.

Zwei Goldfische, eine Schildkröte und der Wetteraal – der Stolz meines kleinen Aquariums – krepierten am Abend desselbigen Tages.

Die Witwe des Roßarztes dankte mir nicht mehr für meinen Gruß auf der Straße, und ihr Sohn, der flegelhafte Dichter, erzählte in der Klasse, ich sei der größte Schafskopf, der ihm je vorgekommen.

Meine hübsche Cousine Edith aber sagte zu mir, als ich ein wenig bekümmert nach der denkwürdigen Unterredung mit der Dichtermutter zum Kaffee kam: »Rudi, was hast du bloß der alten Dame getan, daß sie so grob zu dir war?«

Ja, was hatte ich ihr getan?

Ich hatte ihr gesagt und bewiesen, daß ihr Sohn Eduard nicht konnte, was hunderttausend braver, ehrlicher, brauchbarer Menschen schließlich auch nicht können. Und so hatte ich mir meine erste ehrliche Feindin erworben.

Seit jenen Tagen aber verfolgt es mich wie ein ewiges Mißgeschick. Es ist, als hätte mich die Witwe des Roßarztes mit einem Fluch belegt, dem ich nie und nirgends entgehen kann. Oder ich habe etwas an mir, das die heimlichen Dichter entfesselt.

Zu Hause, auf Spaziergängen, in der Schweiz, auf dem Schiff, ja im Tunnel im Zug hab' ich mir schon vorlesen lassen müssen. Ungereimte Gedichte, die sich reimten, und Oden, denen so was nicht nachzusagen war; Sinnsprüche, die keinen Sinn hatten, und Fabeln ohne Pointe; Balladen, die so lang waren, wie ein Güterzug der hessischen Ludwigsbahn, und bei denen man den Anfang schon vergessen hat, wenn das Ende noch lange nicht abzusehen ist, und Liebeslieder, die so feurig waren, daß sie sich nur für den Ofen eigneten.

In letzter Zeit ist aber das Allerfurchtbarste hinzugekommen.

. . . Es ist jetzt acht Tage her, da meldet das Mädchen: Ein Herr und eine Dame.

»Was wollen sie denn?«

»Ich weiß nicht. Es scheint ein Brautpaar. Sie haben sich an der Hand gefaßt, ganz zärtlich.«

Und Hand in Hand mit feierlich gemessenen Schritten traten die beiden denn auch ein. Jung, hübsch, freundlich.

»Erwin Kuhlicke, mit ck, wenn ich bitten darf,« stellt er sich vor.

»Mit ck? Gern. Und die Dame? . . . Fräulein Braut?«

»Doch nicht.«

Sie errötet. Er errötet. Ich erröte.

»Fräulein Anna Klötzchen . . . Aber der Name läßt sich ja ändern, nicht wahr?«

Ich verstehe nicht recht, warum der Name geändert werden soll. Aber ich bestätige, daß so was geschehen kann.

»Und womit kann ich den Herrschaften dienen?«

»Haben Sie vielleicht ein Klavier da?«

»Ja, aber – –« Ich ahne Unaussprechliches.

»Wir wollen nämlich zum Überbrettl gehn. Ich habe einen ›Ringeltanz zu zweien‹ gedichtet und komponiert. Fräulein Klötzchen und ich werden Ihnen – wenn Sie gütigst gestatten – das Tänzchen einmal rasch vortanzen. Es wäre uns so wertvoll, Ihr Urteil zu hören.«

Und die beiden, die ich nicht hindern kann, singen . . . und sie tanzen . . . und sie neigen sich . . . und sie tun äußerst neckisch . . .

Ich aber liege, ein gebrochener Mann, in meinem alten Ledersessel und sehe durch die geschlossenen Augenlider eine hohe junonische Gestalt – die Witwe des seligen Roßarztes.

Sie lächelt boshaft.

Und auf der Brust trägt sie, blank, rund, klein, höhnisch glitzernd – eine silberne Medaille.

Der Roman des Romans.

Es gibt naive Leute – ja wahrhaftig, obschon wir das zwanzigste Jahrhundert angeschnitten haben: es gibt sie! – die sich einbilden, einen Roman zu lesen, sei ein Vergnügen.

Zugegeben. Für manche Menschen zu gewissen Zeiten und in gewissen Verhältnissen ist auch das Romanlesen eine Beschäftigung, die an Mühe und Kraftverbrauch nicht ohne weiteres dem Steinklopfen an der Landstraße oder der Dressur von abessinischen Löwen oder einem Forschungsritt durch die Urwälder Zentralafrikas gleichzuachten ist. Ein Junggeselle, der sich im D-Zug Berlin-Basel-Genua aus Zolas Fécondité über den Nutzen der Ehe unterrichtet, eine junge Dame, die auf einer Bank »Nur für Kinder« im Kurgarten zu Ems in einem Roman Nataly von Eschstruths die ersten »interessanten Männer« kennen lernt, ein Ladenjüngling, der sich am Sonntag auf seinem hügeligen Plüschsofa von dem durch sechs Tage ununterbrochenen Verkauf von Bratbücklingen durch den Genuß von Hackländers »Europäischem Sklavenleben« restauriert – das alles sind in unserer Welt des Elends äußerst erfreuliche Typen, die uns die Wohltat geistiger Genüsse in angenehmster Art vor Augen führen. Auch der Dichterling, der zu wenig gesehen und erlebt hat, um anderer Menschen Schicksale zu schildern, und zu wenig gelernt hat, um solche Menschen vernünftig über Vernünftiges reden zu lassen, und der deshalb bei ingrimmiger Lektüre einen Roman Theodor Fontanes »philisterhaft« und eine Erzählung Paul Heyses »blödsinnig« findet – auch er ist ein liebenswürdiger Typus des daseinsfrohen Genußmenschen. Denn mit gehässigen Worten zu verfolgen, was man im Grunde so glühend beneidet, das bereitet zweifellos ein schönes und reines Vergnügen.

Von solchen Glücklichen, die sich also harmlos ergötzen, ist der Unglückselige sehr verschieden, der einen Roman als erquickliches Geistesfutter für andere aussuchen soll, sagen wir zum Beispiel einen Roman zum Abdruck für eine Zeitung; denn er muß seufzend damit rechnen, daß dem Herrn Schultze in der Ottostraße gar nicht gefällt, was der Frau Meyer in der Grindelallee ein besonders großes Gespaßel bereitet, und daß der Frau Schuster in Eppendorf wenig zusagt, was der Herr Schneider in Barmbeck mit unbeschreiblichem Behagen den lieben Seinen nach dem Nachtmahl zur Beherzigung und Seelenerfrischung in seiner ausdrucksvollen Weise vorliest. Er muß damit rechnen, daß –

Aber anstatt aufzuzählen, mit was solch ein armer Mann in seinen gequältesten Stunden rechnen muß, lassen Sie mich Ihnen lieber einige schlichte Tagebuchblätter überreichen, die ein Freund von mir, Feuilletonredakteur eines gelesenen Blattes, vor einigen Monaten zurückließ, als er, an seinem Beruf verzweifelnd, rasch entschlossen über das große Wasser ging, um in Kentucky Garn und Knöpfe zu verkaufen oder um in Paraguay aus toten Ochsen den köstlichen Fleischextrakt herzustellen, oder um am Mississippi mit Regenwürmern nach Karpfen zu angeln, was weiß ich! – Jedenfalls, er entfloh, er entkam; und ich begehe kaum eine verwerfliche Indiskretion, wenn ich die Papiere dieses Mannes, dessen Namen ich bereits nicht genannt habe, hier ausbreite und veröffentliche, documents humains, aus denen hervorgehen wird, daß das Romanlesen zuweilen eine Beschäftigung sein kann, mit der verglichen das Schneeschippen der Verbannten in den sibirischen Bergwerken ein lustiges und unterhaltsames Gesellschaftsspiel genannt werden muß.

* * *

Über seine krasse Leidensgeschichte hat mein bedauernswerter Gewährsmann die ergreifenden Verse geschrieben, die im dreiunddreißigsten Gesang der »Hölle« der große Dante den Grafen Ugolino della Gherardesca sprechen läßt:

»Teilst du nicht meinen Schmerz, so teilst du keinen:
Und denkst du, was mein Herz mir kund getan,
Und weinest nicht, wann pflegst du dann zu weinen?!«

Und dann beginnt er in dem schönen Freimut des Entfliehenden seine Bekenntnisse: Im März 97 hab' ich für unsere Zeitung einen neuen Roman ausgesucht. Es waren helle, lachende Frühlingstage. Die Amseln sangen schon, und faustdicke Veilchensträußchen kosteten fünfzehn Pfennig. Sie rochen freilich nicht. Das konnte mir gleichgültig sein, denn von Anfang Oktober bis Ende Mai hab' ich immer den Schnupfen, weil auch in unserem Bureau schlecht und unregelmäßig geheizt wird . . . Einerlei, es war Frühling.

Meine sehnsuchtsvolle Lenzstimmung beeinflußte zweifellos ein wenig meine Auswahl unter den Romanen. Nachdem ich zwei sehr blutige Bücher dankend zurückgeschickt hatte und ein drittes geschriebenes (!) bis zur Seite 521 gewissenhaft durchgelesen hatte, um dann zu erfahren, daß es bereits anderweitig zum Abdruck verkauft sei, kam mir ein prächtiger Frühlingsroman in die Hände. Er spielte auf Sizilien. Spielte in den saftiggrünen Vignen am Fuße des Ätna, der noch immer polternd seine Funken in den Himmel schickt. Alles war voll Licht und Sonne, voll Mandelduft und Meeresrauschen. Ein prächtiges Buch! Und die Helden: zwei Naturkinder, junge Weinbauern aus Taormina, beide, er und sie. Sie hieß Gemma, ich erinnere mich noch. Die Sache ging unglücklich aus; aber noch auf ihren Gräbern blühte der Frühling . . .

Ende März 1897 ließ ich den Roman drucken. Elf oder zwölf Fortsetzungen waren erschienen, und ich verfolgte den Fortgang mit den Augen der Liebe; dann hatte ich die Freude, das folgende Anerkennungsschreiben bei meiner Morgenpost zu finden:

»Sehr geehrte Redaktion! Gestatten Sie einem Ihrer ältesten Leser, Ihnen die Bemerkung zu machen, daß er es unbegreiflich – um nicht zu sagen unverantwortlich – findet, daß Sie derartiges Zeug – ich schreibe Zeug! – drucken können, wie den gegenwärtig durch Ihre Spalten laufenden Roman. Ich will ein deutsches Blatt lesen. Kein italienisches! Was geht mich überhaupt Sizilien an? Was Taormina? Ich war nie dort; ich komme nie hin. Also! Lassen Sie Ihre Geschichten meinetwegen in Grüneberg spielen oder in Kyritz an der Knatter, aber – Taormina? Wer interessiert sich dafür! Ich dächte doch, auch der Roman sollte national sein. Oder etwa nicht? Gibt es denn keine Schicksale mehr innerhalb der schwarz-weiß-roten Grenzpfähle, die zu beschreiben wären? (Anmerkung meines Freundes: Hier meint der freundliche Schreiber offenbar die Schicksale, die zu beschreiben wären, nicht die Grenzpfähle, wie man logischerweise aus der kühnen Konstruktion entnehmen mußte –) Eine gute teutsche Kost tut dem teutschen Magen not. Auch in litteris et artibus! Meine bedingte Hochachtung B . . . L . . .«

Ich war geknickt. Also undeutsch! Nein, das sollte mir nicht mehr vorgeworfen werden!

Bei der Auswahl des nächsten Romans ließ ich ein Buch sofort ausscheiden, weil sein Held im siebenten Kapitel so undeutsch war, auf vier Wochen nach Paris zu reisen. Ein anderes, weil der Großvater der Heldin ein Spanier war. Teutsch, ganz teutsch sollte der Roman diesmal sein.

Endlich hatte ich einen. Er spielte zur Zeit der Freiheitskriege, am Rhein. Es wurde ein bißchen viel geschworen, gelobt und prophezeit darin, aber immerhin, es war eine hübsche Geschichte voll Begeisterung und nicht ohne schöne menschliche Züge. Die Franzosen kamen sehr schlecht weg darin. Napoleon und der leibhaftige Satanas waren so ziemlich ein und derselbe. Auch ein paar zarte lyrische Stellen, Silvesternacht bei Caub usw. mit einem Wort: hübsch, stimmungsvoll und außerordentlich deutsch.

Am 1. Mai 97 gab ich den Roman in Druck. Am 9. Mai bereits – im Kalender steht »Hiob« – hatte ich den Vorzug, aus dem lieben Leserkreise die nachstehende Belehrung zu erfahren:

»Mein Herr! Wenn Sie etwa vorhaben im Feuilleton Ihrer Zeitung fernerhin Geschichtsrepetitionen für Quarta vorzunehmen, so bitte ich im Namen zahlreicher Abonnenten um gütige Benachrichtigung. Wir wollen nämlich dann abbestellen. Daß der alte Blücher in der Neujahrsnacht 1813/14 über den Rhein gegangen ist, und zwar bei Caub, das weiß ich. Daß Fürst Schwarzenberg unterdessen durch die Schweiz nach Frankreich marschierte, weiß ich auch; und ob damals einer von den Österreichern – wie Ihr dämlicher Roman behauptet – eine Braut in Caub gehabt hat oder nicht, das ist mir einesteils egal und andernteils höchst gleichgültig. Von einem Roman, den eine gelesene Zeitung zum Abdruck bringt, darf man doch sozusagen erwarten, daß er ein Bild der Zeit gibt, in der wir selbst leben. Ich frage bloß sanft: wozu? Blücher ist tot, das werden Sie kaum bestreiten. Lassen Sie also Blüchern den Quartanern, die Jahreszahlen und Gedichte von Kopisch auswendig lernen müssen. Wir wollen was wissen, von dem, wo lebt. Mit den ollen Kamellen haben sich schon unsere Großväter zur Zufriedenheit abgefunden. Nichts für ungut, das ist so meine Meinung. Ergebenst A. d. L.«

Nun war's also wieder nicht recht. »Von dem, wo lebt,« wie mein freundlicher Berater sich ebenso sinnig als deutlich auszudrücken beliebte, sollte der Roman handeln. Schön. Ich nahm die Lehre an.

Ich ging auf die Suche nach einem Buch von dem wo lebt, nach einem ganz modernen Roman, und da ich nach meinem persönlichen Geschmack ein Feind aller allzu derben und blutigen Handlung bin, so wählte ich schließlich, nicht ohne Herzklopfen, eine Erzählung von außerordentlich seiner Psychologie. Eine Dame aus der großen Welt – das war so ungefähr die Handlung – hat jahrelang neben einem Manne, einem kalten Egoisten, hingelebt, ohne sich darüber klar zu werden, daß sie ihn nur mit den Augen ihrer beratenden Verwandten gesehen und eigentlich nie geliebt hat. Auf einer Sommerreise begegnet ihr durch Zufall ein Mann, dem ihr liebebedürftiges Herz zufliegen muß. In einer schwachen Stunde, berauscht von seinen leisen, zärtlichen Worten, von fernherklingender Melodie und vom Wellenschlag des brandenden Meeres, gewährt sie ihm in tiefer Selbstvergessenheit einen einzigen Kuß. Es soll der Abschied sein für immer. Ein niedriges Subjekt hat die Szene beobachtet, hinterbringt alles dem Gatten, der nun den Nebenbuhler zum Duell fordert und niederschießt. Dann erklärt er ihr höhnisch, daß er sie nie geliebt und nur ihres Geldes willen geheiratet hat. Da verläßt sie ihn in einer Winternacht und reist in das einsame, verschneite Landstädtchen am Harz, um dort einer alten, weißhaarigen Frau, der Mutter des toten Geliebten, eine treue, unglückliche Tochter zu sein . . . So war ungefähr der Inhalt. Das Ganze war sehr vornehm gehalten, und ich alter, hartgesottener Sünder, der reichlich seine dreihundert Romane schon im Leben gelesen hatte, war ordentlich weich bei der Lektüre geworden. Ich war sehr stolz auf meine Wahl: »undeutsch« war die Geschichte nicht; eine »Geschichtsrepetition« war's auch nicht – also!

Am 12. Juni gab ich den Roman in Druck. Am 26. Juni – »Jeremias« stand im Kalender – wollte ich eben zu Tische gehen, als mir folgendes Schreiben gründlich den Appetit benahm:

»Ich bitte eine früher hochgeschätzte Redaktion, mich aus der Liste Ihrer seinerzeit hochgeschätzten Zeitung umgehend streichen zu wollen. Diese notwendige Mitteilung möchte ich nicht abgehen lassen, ohne der Redaktion meinen tiefsten Abscheu ausgedrückt zu haben über die schmachvollen Sitten- und Seelenzustände, denen sie neuerdings zynisch das Wort zu reden für nötig befindet. Ich habe bisher noch immer meinen heranwachsenden Töchtern, Anna und Elise, die Lektüre Ihres Romanes gestatten können, ja wir haben uns zuweilen vor dem Zubettgehen gemeinsam daran erfreut. Was aber sollen meine Töchter, Anna und Elise, denken, wenn ihr leiblicher Vater sie zu einer Lektüre anhält, in der die schamlose Verworfenheit und schier undenkliche Sittenverrohung Orgien und Triumphe feiern. Im siebenten Kapitel Ihres Romanes wird in unzweideutiger Weise die Ehe gebrochen; es werden sündige Worte gesprochen und sündige Gefühle getauscht. Dies alles auch noch nach Sonnenuntergang und im Freien! Wenn ich meine Töchter, Anna und Elise, so erziehen wollte, könnte ich ihnen ja am Ende gar ›Die Wahlverwandtschaften‹ oder ähnliche Schmutzereien zu lesen erlauben. Das verhüte der Himmel! Meine Töchter, Anna und Elise, sollen dereinst in die Ehe treten, wie meine liebe selige Frau vor fünfundzwanzig Jahren in die Ehe mit mir trat; da sie mir am Hochzeitsabend sagte: ›Heinrich, wenn uns nun der Himmel ein Kindchen schenkt, woher wissen wir, daß es uns gehört?‹ Nein, mein Herr, ich hatte ein Stück Welt gesehen, bin zweimal in Königsberg gewesen und einmal sogar – allerdings nur für einen Tag zum Begräbnis eines Onkels – bis nach Boppard am Rhein gekommen; aber solche verwerfliche Gesinnung, wie sie aus der liederlichen Geschichte spricht, die Sie abzudrucken sich nicht entblöden, habe ich denn doch – wenigstens in Verwaltungskreisen – nirgends angetroffen. Nirgends, sag' ich Ihnen! Ich bitte also von heute ab die Zusendung Ihres Blattes einzustellen und mit seinem unsauberen Inhalt andere Familien zu vergiften.

Mit der Ihnen gebührenden Wertschätzung

K. K.

. . . Ich brauche kaum zu sagen. daß mir auch dieser Roman vom Tage Jeremiä an keine Freude mehr gemacht hat. Ich konnte mich nicht von dem Gedanken losmachen, daß die beiden lieben Mädchen Anna und Elise bereits durch die genossenen »Fortsetzungen« Schaden genommen hätten an ihrer Seele, und ich beschloß, tief zerknirscht, bei Auswahl des nächsten Romans vor allem auf Moral zu sehen. Freilich »undeutsch« und »historisch« durfte er ja auch nicht sein.

Nachdem ich unter diesen drei einschränkenden Gesichtspunkten beim Lampenschein oft bis gegen Morgen Romane geprüft und bereits vierundzwanzig dicke Bände seufzend gelesen und verworfen hatte, fand ich endlich das Gewünschte, fand ich das Sittenreine und Erfreuliche, das zweifellos auch Anna und Elise ohne ernstliche Gefährdung ihrer Tugend lesen konnten. Es war eine friedliche, segensreiche Geschichte, die nicht ohne Schwung die Freundschaft verherrlichte. In dem Roman kam nur ein weibliches Wesen vor, eine Tante des Helden, die im ersten Kapitel bereits ihren siebzigsten Geburtstag feierte. Ein erotisches Moment war also entschieden ausgeschlossen. Um ehrlich zu sein: ein jugendliches Dienstmädchen – reizlos, aber vom Lande – kam noch darin vor; die wurde auf Seite 341 von einem leichtfertigen Freunde des Helden – ich schäme mich's zu sagen – in die Wange gekniffen. Nach Übereinkunft mit dem Verfasser des Romans strich ich diese frivole Stelle; vielmehr, ich ersetzte die anstößige Gestalt durch einen alten Diener. Dadurch wurde die Zärtlichkeit auf Seite 341 überflüssig.

Am 2. September gab ich den neuen Roman in Druck. Ich hatte keine ruhige Stunde mehr. Ich war sicher, daß in absehbarer Zeit wieder so ein Brief kommen müßte von einem, der kein Mitleid hatte mit meiner rastlosen und gewissenhaften nächtlichen Geistesarbeit. Es dauerte lange diesmal, mehr als drei Wochen. Da endlich, am 26. September – »Cyprianus« stand im Kalender – kam ein Brief, dem ich sofort nichts Gutes ansah.

Große, grobe, verärgerte Schriftzüge. Auf meinem Namen ein Klecks. Der Nachname verwischt und falsch geschrieben. Streusand auf den Buchstaben – Streusand hab' ich nie leiden können. Und dann unfrankiert. Aber ich nahm den Brief doch an, ich ahnte, daß er mir das Strafporto wert sein würde. Ich erbrach die Hülle und las:

»Donnerwetter! Ist es denn jetzt Vorschrift geworden, daß die Romanschreiber die Gehirnerweichung haben? In welchen Katakomben haben Sie denn diesen Schmöker abgehängt, den Sie jetzt nachdrucken? Das ist wohl ein Ladenhüter aus der Reisebibliothek der Heilsarmee? Dagegen ist ja der kleine Ploetz 1. Teil bis zu den unregelmäßigen Verben der reine Boccaccio! Menschenskind, schlafen denn Ihre Setzer nicht ein, wenn sie das Zeug setzen müssen? Und haben Ihre Korrektoren, die den Rührbrei zweimal kauen müssen, noch keinen Selbstmordversuch gemacht? Ne, hören Sie, da drucken Sie doch lieber gleich das schöne Kochbuch von Henriette Davidis, in einzelne Kapitel zerschnitten, oder die Standesbücher von Nieder-Selters ans dem Jahre 1722 oder die Vorschriften für Weichensteller auf bayrischen Staatsbahnen vom 5. Mai 1862! Mit dem, was Sie da 'nen Roman nennen, kann man ja achtzigjährige Invaliden aus dem Armenhaus vertreiben. Ne, mein Lieber, ich habe jedenfalls genug von der Chose und verspüre nicht die geringste Lust, weiterzulesen, bis etwa die gute siebzigjährige Tante ihren achtzigsten Geburtstag gefeiert hat. Gott erhalte die alte Dame gesund! Grüßen Sie sie von mir. Und wenn Sie einen finden, der Ihnen die Geschichte zu Ende liest, bitt' schön, schicken Sie mir umgehend seine Photographie. Ich stift' sie ins Panoptikum zu den Kuriositäten. Oder in die Schreckenskammer. Ergebenst . . .«

Als ich den Brief zu Ende gelesen, knickte ich zusammen und die Verse aus dem Buch Hiob (Kap. 30 V. 15 und 16) stürmten durch mein armes Hirn: »Schrecken hat sich gegen mich gekehret und hat verfolgt, wie der Wind, meine Herrlichkeit. Und wie eine Wolke zog vorüber mein glückseliger Stand. Nun aber geußt sich aus meine Seele über mich. Und mich hat ergriffen die elende Zeit . . .«

Genug für heute aus dieser Selbstbiographie eines pflichttreuen Mannes, der schließlich an seiner europäischen Kulturmission verzweifelnd über das große Wasser ging.

Mir aber, wenn ich sein Schicksal betrachte und überdenke, wie es beweglich aus diesen Blättern zu uns spricht, fällt eine Weisheit ein, die ich, wenn ich mich recht erinnere, einst in dem Schîfâ des Ibn-Sîna Avicénna, des Philosophen von Buchara gefunden, und die in freier deutscher Übersetzung etwa so lautete:

> Und sprichst du Weisheit der Propheten,
> Wie dich's gelehrt ein guter Geist,

Ein Narr wird dir entgegentreten
Und schreien: daß du närrisch seist.
Es hat Herrn Jedermanns Entzücken
Noch keinem Dauerruhm gebracht;
Und wenn dir alle Beifall nicken,
Dann frag' dich: – was du dumm gemacht.

Schade, daß ich des Entflohenen Adresse nicht weiß. Ich hätte ihm so gerne das Sprüchlein des Avicénna zum Troste nach Amerika gesandt.

Die gute Sache.

Es gibt tatsächlich Leute, die die Kunst vom »Können« ableiten. Und es erweist sich, daß die von solchem Vorurteil Geplagten eine merkwürdige Antipathie haben gegen alle Dilettantenvorstellungen.

Ich kannte einen durchaus achtbaren und sonst geistig gesunden Kollegen, der zu sagen pflegte: »Ich wette gern. Das ist mein Laster. Ich wäre imstande, um eine Wette zu gewinnen, in zu engen Lackschuhen den Aufstieg auf das Matterhorn zu riskieren oder im Löwenkäfig ein Rumpsteak zu frühstücken. Aber eine Vorstellung von Dilettanten zum Zweck, den Negerkindern am Sambesi blaugewürfelte Taschentücher zu beschaffen – nein, die zu besuchen oder gar zu leiten, dazu bringt mich keine Wette, keine Versprechung, keine Drohung. Nicht wegen des Zweckes. O nein, der Zweck ist immer gut. Und ich gönne allen Negerkindern am Sambesi blaugewürfelte Nastüchlein. Aber der Mittel wegen, die kein Zweck heiligt, tu' ich nicht mit. Und wenn ich wüßte, daß ich standrechtlich erschossen werde, wenn ich mich weigere. Quand même et malgré tout – nein!«

Ich hatte immer, wenn er so sprach und sein sonst so gutmütiges, joviales Gesicht einen fremden, scharfen Zug bekam, als wäre ihm plötzlich ein Mistkäfer in den Wein geflogen, den ganz bestimmten Eindruck, daß betrübende Erfahrungen, traurige Erlebnisse diesem sonst so lebensfrohen Menschen die Freude an solch barmherzigen Lustbarkeiten genommen haben müßten.

Eines Abends, als wir behaglich zusammen beim Wein saßen, brachte ich – scheinbar ganz harmlos – die Rede auf ein demnächst stattfindendes Wohltätigkeitskonzert, das alle Berufskünstler von der Mitwirkung ausschloß.

»Werden Sie hingehen?« fragte ich voll Arglist.

Sein Gesicht spiegelte ein unbeschreibliches Entsetzen, das sich allmählich zu einem sanften Bedauern milderte.

»Ich? . . . Hingehen? . . . Aber, mein Lieber, ich will das junge Nilpferd aus dem Zoologischen Garten so lange in der Kunstgewerbeausstellung spazieren führen und aufpassen, daß es nichts zertritt.

Ich will mit der Riesendame von Barnum vor versammeltem Publikum eine Stunde links herum Polka-Mazurka tanzen. Alles – nur *das* nicht.«

»Hm. – Sagen Sie, lieber Freund, wollen Sie mir erst einmal ehrlich gestehen, woher Ihr wunderlicher Widerwille gegen solche harmlosen Vergnügungen kommt?«

»Harmlos! – daß ich nicht lache! Ich verstehe immer ›harmlos‹. Ich werd' Ihnen was sagen. Ich hab' als Kind die Masern gehabt und den Keuchhusten, bin von einer Mauer gefallen und hab' mir das Schlüsselbein gebrochen, verstehen Sie? . . .«

»Ja. Bis jetzt scheint mir Ihr Schicksal zwar betrübend in seinen Einzelheiten, doch weder ungewöhnlich für dieses Alter, noch allzu kompliziert.«

»Schön. Als Student hab' ich mir den Kaumuskel und die Temporalis in demselben Gang auf derselben Mensur durchschlagen lassen. Als junger Doktor hab' ich den Typhus gehabt und bin voriges Jahr nach einer Silvesterfeier in eine Glasscheibe gefallen. Aber unter allen diesen Fällen und Zufällen hab' ich nicht so gelitten, wie in der kurzen Zeit – lang, lang ist's her! – da ich in meinem Vaterstädtchen eine Wohltätigkeitsvorstellung arrangierte und leitete. Und – ich kann Ihnen sagen, wenn ich heute noch einmal wählen müßte: entweder noch einmal Arrangeur, Festordner und Maître de plaisir oder aber – na eben: oder eins von den anderen guten Dingen, so würde ich seufzend, aber ohne Besinnen entscheiden: Na also, dann bitte ich ganz ergebenst noch einmal um den Keuchhusten oder um eine hübsche Glasscheibe zum Hineinfallen.«

Ich mußte lachen über den feierlichen Ernst, mit dem er das alles vorbrachte.

»Lachen Sie nicht,« wehrte er ab. »Sehen Sie, drei Träume wechseln von Zeit zu Zeit in meinen unruhigeren Nächten miteinander ab. Der eine Traum ist höchst unsinnig. Ich träume dann, ich bin Gärtner und habe ein wundervolles Feld mit Hyazinthen gezogen, gelben und roten und veilchenblauen. Und wie ich eben einen Überschlag mache, was ich damit verdienen werde, kommt eine Herde Zebras dahergaloppiert, rennt mich über den Haufen und frißt mir die ganze schöne Hyazinthenernte ab.«

»Zebras? Aber ich dächte –«

»Ich weiß, ich weiß! Wo's Hyazinthen gibt, gibt's keine Zebras und umgekehrt. Sehr wahr. Aber, bitte, es ist doch ein Traum. Ich träume ihn seit meiner Kindheit von Zeit zu Zeit immer wieder. Es sind immer dieselben Zebras und immer dieselben Hyazinthen. Und sie rennen mich jedesmal auf ganz dieselbe Weise über den Haufen.«

»Aber das ist – –«

»Abscheulich? Ja. Aber man gewöhnt sich. Mein zweiter Traum, der auch in gewissen Zwischenräumen immer wiederkommt, versetzt mich nach Prima. Im Abiturium. Ich habe einen Frack an, der mir zu weit ist, und Lackstiefel, die mich drücken. Vor mir steht der Professor, neben mir steht der Direktor, und hinter mir steht der Schulrat. Und nun kommt jedesmal dieselbe Frage. In demselben Tonfall, mit denselben Worten: »Was wissen Sie von Ludwig dem Frommen?« Und jedesmal – ist es zu glauben! – jedesmal weiß ich *nichts* von Ludwig dem Frommen. Wie weggeblasen! Die drei könnten mich ebensogut nach der Staatsverfassung auf dem Sirius oder der Lebensdauer der Mondkälber fragen. Und dabei bereite ich mich regelrecht vor auf diesen Traum! Ich habe den Abschnitt aus Schlossers Weltgeschichte auswendig gelernt, der von Ludwig dem Frommen handelt. Aus Vorsicht hab' ich sogar Karl den Dicken noch mitgelernt. Aber im Traume – weg, rein weggewischt und ausgetilgt. Ich schwitze dann Blut.«

»Aber das ist ja höchst –«

» *Höchst* abscheulich? Ganz recht. Aber man gewöhnt sich. Auch ans Blutschwitzen. – Aber jetzt kommt der furchtbarste, der dritte Traum.«

»Ah, ich verstehe, da träumen Sie, Sie seien –«

»Richtig. Da träume ich, ich sei verurteilt, noch einmal verurteilt, eine Liebhabervorstellung in meiner schönen Vaterstadt Wisenheim zu inszenieren und zu leiten. Das geht noch über die Zebras und Ludwig den Frommen, sag' ich Ihnen. Aber während die anderen Träume freie Phantasiegebilde sind – denn ich habe nie Hyazinthen gepflanzt und niemals ein Zebra in der Freiheit gesehen und im Abiturium bin ich in der Geschichte nur nach Nebukadnezar gefragt worden – wiederholt mir dieser letzte und grauenvollste meiner drei Rundreiseträume mit einer Gedächtniskraft, die mir im Wachen und bei weit erfreulicheren Dingen leider nur allzu oft abgeht, die albernsten Kleinigkeiten. Nichts fehlt, nichts ist vergessen. Und in einer verhältnismäßig kurzen Zeit – denn ich habe um sechs Uhr noch auf die Uhr gesehen und um halb sieben Uhr werde ich geweckt – durchlaufe ich diese ganze Schreckenszeit von der ersten vorbereitenden Sitzung, die mich zum verantwortlichen Leiter dieser Veranstaltung erhob, bis zu jenem Schlußtableau, da der mitleidige Vorhang über eine schaudervolle Darstellung zweier Moserschen Schwänke sich gütig niedersenkte. Der erste Tag aber ist von meinem Traume stets ganz besonders mit allen Details der Wirklichkeit geschmückt.

Ich hielt mich damals ›zu meiner Erholung‹ in meinem Vaterstädtchen auf. Man wußte, daß ich ein paar Bücher geschrieben hatte, daß ich im künstlerischen Leben der Hauptstadt mitzuschwimmen versuchte. daß ein Drama von mir aufgeführt worden war. Das Drama war viel besprochen worden, weil – nun, ich will ehrlich sein, weil nach dem letzten Akt zwei Herren im Parkett, verschieden an Meinungen, gleich an Temperament, sich geohrfeigt hatten. Im ›Lesezirkel‹ meiner Vaterstadt hatten sie das Stück mit verteilten Rollen gelesen. Es hatte gefallen. Leider, sag' ich heute. Denn das war der Anfang meines Martyriums.

Ein Komitee für einen wohltätigen Zweck, den ich damals schon nicht recht verstand und heute vergessen habe, bat mich, den ›künstlerischen Teil‹ des Programms zu leiten. Schön. Ich war erfreut über das Vertrauen, ich hatte Lust und Zeit, also – warum nicht?

Kaum war meine Zusage bekannt geworden, als ich Besuch auf Besuch empfing. Lauter sehr freundliche, liebe Leute, die nur eine Kleinigkeit von mir wollten, o nur eine ganze Kleinigkeit . . .

Als erste, ich erinnere mich noch gut, kam eine alte Dame mit dem Kopf einer melancholischen Ziege, auf dem ein Hut mit sehr merkwürdigen Levkojen saß. Es war eine Tante des Bürgermeisters; sie hatte einen Sohn – ›einen Spätgeborenen, ein Nesthäkchen‹, wie sie mit schämiger Schalkhaftigkeit bemerkte. Der Sohn deklamierte so schön. Ich zeigte mich erfreut über dieses Talent. Er ging nach

Quarta. Ich bemerkte, daß es dann doppelt hoch anzuschlagen sei, wenn er schon so schön deklamiere. Er wechselte zwar gerade die Stimme, sagte die Dame, aber er habe ein prächtiges Gefühl und ›Auffassung‹, wie ein Erwachsener. Ich dachte, daß mich das den Teufel anginge und lächelte erfreut und interessiert. Und nun kam's! Ob er nicht den ›Ring des Polykrates‹ deklamieren könne auf unserem Fest? Ich bat sie, einzusehen, daß wir mehr auf heitere, kleine Stücke, als auf ein nicht unbekanntes klassisches Programm bedacht sein müßten. Sie schlug ›Die Kraniche des Ibykus‹ vor. Die seien weniger bekannt Einer Dame in ihrem ›Kränzchen‹ seien sie ganz neu gewesen. Ich gab zu, daß man dieser Dame dann vielleicht noch manche Freude machen könne, zum Beispiel mit dem ›Taucher‹ und dem ›Handschuh‹, blieb aber doch dabei, daß wir Schillersche Balladen, von einem Quartaner vorgetragen, bei der Wahl unserer Vortragsstücke ausscheiden lassen müßten. Die Dame mit dem Levkojenhut verließ mich sehr ungnädig und sprach im Weggehen die Befürchtung aus, daß mein Programm wohl für das hiesige Publikum zu ›modern‹, gewagt und am Ende verletzend ausfallen könnte.

Eine halbe Stunde später, ich hatte gerade einen ›Vertreter großer auswärtiger Blätter‹ mit schmelzender Freundlichkeit hinausbegleitet, der drei Freiplätze auf der ersten Reihe erbat, weil seine Schwiegermutter schwerhörig sei und sonst nicht folgen könne, erschien ein älterer Herr mit einer blauen Brille, die auch auf einer minder dicken Nase schlecht ausgesehen hätte.

»Kaputzke,« stellte er sich mit gnädigem Nicken vor; »Sie werden mich kennen.«

»Sehr erfreut.« Ich habe keine Ahnung.

»Ich habe ein Drama geschrieben, das die Erfindung des Schießpulvers durch Bertold Schwarz behandelt. Bei dem großen Interesse, das man meinen Schöpfungen in meiner Vaterstadt allgemein entgegenbringt, bedarf es zwar keiner weiteren Empfehlung. Ich habe Ihnen aber Grüße von Stadtrat Schulz zu bringen. Hier.«

Er überreichte mir mit gelassener Würde einen gesiegelten Brief. Ich erbrach ihn und las, während der Dichter mit der blauen Brille mit meinem Papiermesser spielte, bis es kaputt war.

Der Stadtrat schrieb: »Verehrtester! Ich schicke Ihnen anbei einen der größten Narren des Jahrhunderts. Sehen Sie, wie Sie ihn aus gute Art hinauswerfen. Ich konnte ihn nicht anders loswerden, als durch diese Empfehlung. Bei dieser Gelegenheit möchte ich Sie darauf aufmerksam machen: ein Neffe von mir, Kandidat Rösicke, der Sie heute noch besuchen wird, hat Goethes ›Hermann und Dorothea‹ in ein sehr reizvolles Lustspiel umgeschrieben. Ich glaube, das wäre für unser Fest geeignet. Den Apotheker spielt er gern selbst. Er hat einen kleinen Sprachfehler, der in dieser Rolle schon an sich fein komisch wirkt. Es wäre mir lieb, wenn der junge Mann gefördert würde. Er hat kürzlich das Unglück gehabt, in Kassel durch den Referendar zu fallen und möchte, da ihn die Juristerei innerlich nicht befriedigt, zur Literatur umsatteln. Ich habe die Ehre usw . . . .«

Es war nicht leicht, dem Sänger des Bertold Schwarz klar zu machen, daß wir die dramatische Erfindung des Schießpulvers einem Berufstheater überlassen müßten. Aber diese Unterredung war noch geradezu angenehm zu nennen, verglichen mit der Besprechung mit dem tüchtigen Kandidaten der Rechte.

»Ich bin ein nervöscher Mensch,« wiederholte der junge Mann immer wieder, wobei sich's erwies, daß sein Zungenfehler ihn daran hinderte, ein reines s zu sprechen. »Schie müschen Rückschicht nehmen.«

Ich suchte ihn zu besänftigen, sprach von den lyrischen Schönheiten des ›Hermann und Dorothea‹-Stoffes, Schönheiten, die gerade durch Dilettanten leicht verdorben würden.

»Aber isch schage Ihnen doch, isch schpiele den Apotheker schelbscht,« zischte er dazwischen.

Auch *das* konnte mich nicht locken. Ich teilte ihm mit, daß ich nur ganz leichte, kleine Lustspielchen gewählt hätte, die von Dilettanten kaum umgeworfen werden könnten, »Der Schimmel« von Moser und –

»Schie werden schehen, dasch zschieht nischt!« prophezeite der poetische Kandidat als er ging.

Ich will kurz sein. Ich hatte an diesem ersten Tag noch Besuch von einer Mutter mit drei Töchtern, sommersprossigen, späten

Mädchen, die sehr neckisch taten. Sie wollten auf dem Fest gern das Terzett der drei Damen der Nacht aus der »Zauberflöte« singen: »Stirb Ungeheuer durch unsre Hand« Der Text konnte ja entsprechend freundlicher gestaltet werden.

Ein Zigarrenhändler kam, mir seine Kunst als Bauchredner anzubieten, und erklärte sich bereit, den Monolog aus dem »Faust« so zu sprechen, daß jeder Satz scheinbar aus einer anderen Saalecke käme, was in der Wirkung verblüffend und äußerst reizvoll sei.

Ein Weinreisender erbot sich, auf Kosten der von ihm vertretenen Firma eine ganze Stuhlreihe sofort aufzukaufen, wenn ich den glücklichen Liebhaber nach geschehener Verlobung auf der Bühne die Worte sprechen lasse: »Und eines, Geliebte, schwöre mir: In unserem jungen Haushalt darf als einziges Getränk nur auf den Tisch kommen der ungemein herrliche Blau-Blümchen-Sekt der Firma Teiteles in Bacharach, erhältlich in allen besseren Weinhandlungen. Zu vier Mark die Flasche ohne Glas. Verpackung wird nicht berechnet.«

Ein pensionierter Ballettmeister vom Walhalla-Theater in Norkitten machte mir in einem siebzehnseitigen, in seiner Orthographie höchst merkwürdigen Brief den Vorschlag, das Leben Bismarcks als Ballett in sieben Bildern mit einer durch Beleuchtungseffekte zauberhaft wirkenden Schlußapotheose – fünfunddreißig Personen, sieben Pferde, drei Ulmer Doggen – für zusammen nur neunhundert Mark zu inszenieren. »Mit Wasserkunst« fünfzig Mark mehr.

Daß ich am Abend nicht verrückt war, verdanke ich nur meiner guten Natur. Aber ich hatte am selbigen Abend einen Haufen Feinde.

Die Mutter, deren Sohn so gern den »Taucher« aufgesagt hätte, kam mit der Mutter, deren drei Töchter die Damen der »Königin der Nacht« singen wollten, überein, daß der Dichter Kaputzke ganz recht hätte, wenn er mit dem Urteil übereinstimme, das der Kandidat a. D. in einer entrüsteten Unterredung mit dem Ballettmeister, der Bismarcks Leben für fünfunddreißig Personen, sieben Pferde und drei Ulmer Doggen choreographisch gedichtet, über mich gefällt hatte: »Ein anschändiger Mensch isch er – vielleicht; aber ein Eschel!«

Und wie gesagt, ich träume lieber von den Zebras, die mich in die Hyazinthen warfen und munter über mich hintrampeln, als von jenem Tag . . .

Das echte Kostüm.

»Also du hältst wirklich an deinem verrückten Plane fest?« fragte mein lieber Freund Edgar, indem er mit unnachahmlicher Grazie seine Zigarrenasche auf meinen Teppich warf.

»Ist zwar nur imitiert Smyrna . . .« brummte ich melancholisch. »Ich habe übrigens zwei Aschenbecher zur gefälligen Benutzung neben dich gestellt.«

Edgar nahm durch beifälliges Kopfnicken von meiner liebenswürdigen Fürsorge Notiz und kam auf seine alte Frage im Tone überlegener (er war ein halbes Jahr in Berlin!) Ironie zurück: »Du willst also wirklich heute abend auf das Kostümfest?«

»Aber wie oft soll ich dir's denn sagen: Ja! Ich habe das echte Kostüm eines italienischen Banditenführers durch die Güte eines befreundeten Malers. Das wird prächtig aussehen. Echt, sage ich dir, echt von den Sandalen aus ungegerbtem Rindsleder bis zu dem durchlöcherten Hut aus altersgrauem Filz; echt bis auf das Amulett am Hals. Der einstige Besitzer wurde von Karabinieri vor zwei Jahren bei Frascati erschossen! Echt bis auf die abscheulichen langen Rattenschwänze, die Virginiazigarren, die mir aus der Tasche sehen.«

»Sind die auch aus der Erbschaft des Buschkleppers?«

»Nein, die habe ich mir gekauft; willst du eine rauchen?«

»Viel schlechter, wie deine gewöhnliche Liebeszigarre für dich besuchende Freunde können zwar die transalpinischen Glimmstengel auch nicht sein; dennoch verzicht' ich. Mir ist ohnehin etwas übel von dem Kampfergeruch hier im Zimmer . . . Sag' mal, was riecht denn nur so scheußlich?«

»Riechst du das nicht gern? Das ist nämlich mein Kostüm, dort in dem Einschlag. Hat vermutlich lange im Schrank gehangen bei dem Künstler, dem es gehört . . .«

Edgar besah mit ganz ernsten Mienen das Paket auf dem Sofa, zog dann die Luft ein wenig durch die Nase, wendete sich zu mir und klopfte mir mit fast beleidigendem Wohlwollen auf die Schulter: »Du, Nicki, hör' mal, ich glaube, daß heute, was man so sagt, *dein* Tag ist.«

»Wenn du die Güte hättest, mir deine delphischen Sprüche auch in mein geliebtes Deutsch zu übertragen, so wäre ich dir dankbar.« Ich ärgerte mich und meine Worte verrieten ihm das wohl, denn ein mildes Lächeln wetterleuchtete auf seinem feisten, sauber ausrasierten Sybaritengesicht.

»Na,« meinte er begütigend, »nur nicht gleich ›Krummer Hund‹ schimpfen! Ich meine bloß, daß du heute abend dein Glück bei den Damen machen wirst.«

Und da ich ihm forschend in die Augen, das heißt eigentlich in die Zwickergläser, die mich blendeten, sah, fuhr er nach einem Weilchen fort: »Weißt du, Nicki, die alten Jüngferchen von heute haben alle so eine kleine Schwäche für das romantische Banditentum, besonders – die alten.«

»Auf *die* lege ich nun gerade geringeren Wert,« versicherte ich ehrlich.

Er ließ sich nicht irre machen. »Da wirst du Erfolg haben,« fuhr er fort, » Veni, vidi, vici kannst du wohl morgen früh als Siegesdepesche an unseren Frühschoppenstammtisch im ›Hirschen‹ telephonieren. Einer deiner berühmteren Ahnen hat das offenbar für deine Situation ausgedacht, am Rubikon glaube ich – ach nein, verzeih, da hat er wieder was anderes gesagt, aber immer klassisches Latein.«

Ich hatte das unbehagliche Gefühl, ganz gegen meinen Willen zugleich Ausgangspunkt und Zielscheibe von meines Freundes humoristischer Laune zu sein und verharrte mit düsterem Schweigen in meiner defensiven Stellung

Edgar betrachtete einige Familienporträts meiner Wirtsleute, steife dicke Matronen in spiegelnden Seidenkleidern, verwitterte Männer in kühnen Zylindern und mächtigen Halsbinden und Kinder im Kommunionsstaat mit Gesangbüchern und bekränzten Kerzen in den viel zu großen Handschuhen . . . Ein perfides Interesse heuchelnd, fragte er über die Achsel: »Das sind wohl alles Angehörige deiner lieben Familie?«

»Ach laß die schlechten Witze!« bat ich, »du siehst recht gut, daß diese Wanddekorationen den Geschmack meiner Wirtin verraten, ebenso wie die Gesichter der Dargestellten die Verwandtschaft mit ihr nicht verleugnen können.«

»Man muß immer vorsichtig sein,« gab der Freund zurück. »Seitdem ich mal eine junge Dame auf die komischen Rokokobeine eines älteren Herrn aufmerksam gemacht habe, mit dem sie sich am nächsten Morgen verlobte, urteile ich prinzipiell nicht mehr öffentlich über Beine, die nicht mir gehören. Übrigens hier das weiße Kommunionskleid, das Kränzlein im Haar, das Buch in Goldschnitt und die schöne lange Kerze – das wäre schließlich, wenn du den Kampferbanditen nicht darstellen wolltest, auch höchst originell für heute abend.«

»So, Edgar,« sagte ich, da meine Geduld beträchtlich abgenommen hatte, »und nun danke ich dir herzlichst für deinen lieben Besuch. Empfiehl mich deiner kleinen Therese vom Ballett, die ich gestern in geschlossener Droschke mit dem baronisierten Bierbrauer zur Bahn fahren sah – das erstaunt dich? Ach, ich dachte, du hättest sie selbst in Gnaden entlassen, weil du dich mit Fräulein von Linkshain verloben wolltest. Schade, sie hat sich nun schon dem reichen Linoleumfabrikanten versprochen; sie opfert zwei Zacken von ihrer Krone, aber sie soll ihn wirklich aus Neigung nehmen . . .«

Ich wußte selbst kaum, woher mir so viel Bosheit kam; und als ich die letzten Worte ausgesprochen, bereute ich sie schon. Denn ich dachte nicht anders, als ich habe dem Freund empfindlich wehe getan. Aber Edgar ist eine merkwürdige, unberechenbare Natur. Als ich ihn jetzt ansah, lächelte er, ja wahrhaftig er lächelte, als habe ich ein spaßhaftes Erlebnis aus meiner Kinderzeit in der lieblichsten Harmlosigkeit zum besten gegeben.

»Ich werde es meinem Vetter, dem Zoologen, mitteilen,« sagte er heiter, »daß seine Wissenschaft eine Stümperei ist. Denn in welchem zoologischen Buche steht die Weisheit zu lesen, die ich, der Nicht-Zoologe, soeben entdeckt habe und also zu formulieren geneigt bin: ›In der verbreiteten Säugetierklasse des homo sapiens existiert eine Spielart, genannt Referendarius innumeratus – zu deutsch: unbesoldeter Rechtspraktikant – der bei ihrer ersten Häutung, aus der ihre Exemplare als transalpinische Banditen hervorgehen, im vierundzwanzigsten Jahre die ... Giftzähne wachsen.‹ Paß auf, Nicki, ob ich auf diese Entdeckung hin nicht in vier Wochen korrespondierendes Mitglied von fünfundzwanzig Akademien bin. Dir aber als meinem gütigen Versuchsobjekt bin ich zu so tiefgefühltem Danke verpflichtet, daß ich's noch nicht übers Herz bringe, dich jetzt schon zu verlassen, wie du ganz irrtümlich vorhin befürchtetest.«

Ich war zwar froh, daß Edgar meine kleinen Ausfälle mit gutem Humor parierte; aber ich war über sein Bleiben doch nicht besonders entzückt. Ich sah auf die Uhr: »Ja, lieber Edgar,« begann ich, »nimm mir's nicht übel, aber ich muß mich jetzt ankleiden.«

Edgar entzündete eine neue Zigarre an dem Stummel der alten. »Bitte.« brummte er nur.

»Ja, hast du vor, *dabei* zu bleiben?«

»Ich denke, du bist keine höhere Tochter und kannst ohne Erröten und ohne spanische Wand deine Vermummung vornehmen, die mich von mehr als einem Gesichtspunkt sehr interessieren wird. Also enthülle meinen Augen die Reize deiner ambrosischen Glieder und wenn ich vielleicht irgendwo helfen kann nachher – vielleicht Sicherheitsnadeln so zu stecken, daß sich kein weißer Mädchenarm verletzt, wenn er sich liebeswarm um deinen Nacken rankt – dann bitte ich ganz über meinen guten Willen und meine ungeschickten Hände zu verfügen.«

Mit diesen Worten ließ sich Edgar in die Ecke des ehemals grünen Sofas fallen und legte beide Beine auf die Armlehne des nächsten Sessels. Dann zog er, wie um meine Geschwindigkeit im Umziehen zu kontrollieren, die Uhr aus der Tasche. »Aber, Mensch, ums Himmels willen; um acht Uhr ist offizieller Anfang, um halb neun kommen also die ersten Narren – Pardon, Gäste – und nun ist es Dreiviertel auf sechs. So früh fängt ja kein Backfischchen seine Toilette an, das zu seinem ersten Kaffeekränzchen eingeladen ist, wie du, der Bandit, bei dem jede Unordnung in der Toilette malerischer und echter ist.«

»Das letzte,« stimmte ich etwas beschämt bei, »trifft ja zu. Aber, siehst du, eine wirklich malerische Unordnung zu bewirken, kostet viel mehr Zeit, als sich anständig, säuberlich und ordentlich anzuziehen. Ich hatte zum Beispiel auf der Universität einen Bekannten, der aus nicht ganz einleuchtenden Gründen von sich behauptete, er sei eine ›geniale Künstlernatur‹; dieser Mensch hat täglich den Vormittag damit vertrödelt, sein Zimmer, das vom Mädchen schon in Ordnung gebracht war, in den Zustand genialer Unordnung zu versetzen. Wer ihn zum erstenmal besuchte – er nahm nur nachmittags, wenn das Zimmer präpariert war, Besuche an – der stieß sich zunächst den Kopf an einer zerbrochenen Ampel, trat dann unfehlbar in einen Cellokasten und hatte – er mochte angreifen was er wollte – beim Fortgehen die Hände voll Tinte.«

»Da war das Heiligtum des Genies gewiß ein beliebtes Rendezvous der studierenden Schöngeister,« lachte Edgar und da ich noch immer vor ihm stand, fügte er hinzu: »So ziehen Sie sich doch an, Signore Rinaldo. Dadurch, daß ich den Räuber stückweise vor mir entstehen sehe, werde ich schließlich seinem Totaleindruck mit männlicher Fassung zu widerstehen vermögen.«

Es war nichts zu machen; er blieb da. So knüpfte ich denn seufzend das weiße Leintuch auseinander, in das das Kostüm des unberechtigten Steuererhebers aus der Campagna eingeschlagen war. Ein ungemein kräftiger Kampfergeruch schlug mir sofort entgegen und berührte selbst mein nicht sonderlich empfindliches Riechorgan unangenehm.

Edgar hielt sich die Nase zu und hustete vor sich hin: »Abscheulich!«

»Manche Leute riechen das sehr gern,« bemerkte ich verteidigend, obschon ich selbst nicht zu diesen Leuten gehörte und das eigne Unbehagen nur mühsam unterdrückte. »Das bißchen Geruch fällt auch gar nicht mit ins Gewicht,« fuhr ich fort, indem ich mich bemühte, mir den Zweck verschiedener Lumpen klar zu machen, deren malerische Unsauberkeit sie zu einem Hauptbestandteil der Banditenkleidung zu prädestinieren schien, »denn siehst du, die Hauptsache bleibt doch, daß das Kostüm echt ist. Und daß es echt ist, darauf kann ich . . . Ja, müssen eigentlich die Löcher in der Jacke bleiben?« fragte ich ziemlich ratlos den Freund.

»Jedenfalls. Denn es sind, daran ist nicht zu zweifeln, *echte* Löcher, und unter den Löchern – dafür mußt du Sorge tragen – muß man echtes Fleisch sehen. Mit echtem Banditenfleisch kannst du nun freilich nicht dienen, aber das Publikum wird ein Auge zudrücken, wenn es nur Fleisch sieht.«

Ich hatte unterdessen die hohen Strümpfe gesucht und war nicht wenig erstaunt, keine zu finden.

»Edgar hast du vielleicht, um einen deiner beliebten Scherze zu machen, ein Paar langer Strümpfe aus dem Bündel genommen?«

»Heilige Unschuld,« höhnte der Freund, »ein Bandit und Strümpfe! Die Lumpen, die dort oben aufliegen, mußt du um die Beine wickeln und mit den Riemen der Sandalen festbinden. Das ist für einen modernen Menschen, wie du, der rotseidene Socken und ausgeschnittene Schuhe trägt, nicht gerade sehr bequem, aber du wirst sehen, es sieht erstaunlich echt aus.«

»Ich bin doch froh, daß du dageblieben bist,« gestand ich etwas kleinlaut, »wer weiß, wie ich zurecht gekommen wäre. Der Mantel hier ist übrigens großartig. Sieh nur, lauter aufgesetzte farbige Flicklappen und die Schmutzflecken . . . appetitlich ist ja anders, aber echt ist auch was. Und auf so einem Künstlerfest, wo die Kostümkundigen zu Hunderten mit kritischen Blicken an den Wänden stehen . . .« Ich stockte, denn ich hatte soeben die unerfreuliche Entdeckung gemacht, daß an den Hosen des Banditen keinerlei Vorrichtung für einen Hosenträger zu finden war.

Edgar phantasierte laut vor sich hin. »Du wirst zweifellos in die Zeitung kommen. Da wird es heißen: Vor allen anderen schönen Masken zog ein lumpiger, schmieriger, übelriechender und somit durchaus echter Bandit in einem durchlöcherten und verschwitzten Kostüm das forschende Malerauge auf sich; und wenn wir zahllosen zärtlich blickenden Fragerinnen verraten wollten, daß unter den Lumpen ein männliches Herz schlug, so edel und schön, wie es die moderne Natur fast verlernt hat, zu bilden . . .«

»Spar' dir den Unsinn und zeige mir lieber, wie diese Kniehose am Leibe befestigt wird. Ich sehe gar keine Knöpfe.«

»Ein Bandit und Knöpfe.« Edgar lachte aus vollem Hals. »Die Unaussprechlichen eines Briganten kennen den Luxus eines Hosenträgers natürlich nicht. Solch müßige Erfindung eines Gigerlhirns wird durch den einfachen Leibgurt ersetzt, den du die ganze Zeit unter die Füße trittst.«

Ich hob den Lederriemen, der ziemlich schmal war, und nirgends eine Schnalle hatten auf und betrachtete ihn nicht ohne Besorgnis. »Ich fürchte sehr, daß ich einige Unbequemlichkeiten mit der Hose erleben werde. Mein Leib beginnt sich seit einigen Monaten etwas zu runden, und ich bin durchaus nicht sicher, daß er dem Gürtel den nötigen Halt gewährt. Jedenfalls wäre mir, wenn ich ehrlich sein soll, die hierzulande übliche Befestigungsart bedeutend lieber gewesen.«

»Das kann ich dir ungefähr nachfühlen,« gab der Freund zu, »aber wo bliebe die Echtheit, wenn du immer das beschämende Gefühl hättest: Ich sehe zwar aus wie ein ganz gemeiner Strauchritter und rieche noch schlechter, aber unter der Lumpenlüge trage ich die Hosenträger eines preußischen Referendars.«

»Ich glaube, du machst dich über mich lustig,« sagte ich und begann mich dabei auszukleiden. »Das ist mir aber sehr einerlei. Du wärest natürlich als Ritter mit einem Pappendeckelhelm und Goldpapierschild, mit einer hölzernen Lanze und einem Schwert, das gar keine Klinge hat, auf das Fest gegangen. Aber laß dir sagen: So was ist lächerlich. So gehen die Tapezierer und Maurer mit den Köchinnen des Sonntags aufs Fastnachtskränzchen, trinken ihr dünnes Bier und stampfen einen Walzer. Wer aber nur das geringste künstlerische Empfinden hat, der schämt sich – – – Das Hemd ist aber wirklich sehr kurz . . . das muß beim Waschen eingegangen sein.«

In besagtes Untergewand hatte ich mich eben gehüllt und konnte Edgars Heiterkeit wohl verstehen, wenn sie mich auch nicht gerade sehr angenehm berührte. Ich fuhr schnell mit der Toilette fort und hatte Gelegenheit, alsbald zu konstatieren, daß die Hosen des bei Frascati erschossenen Banditen mein armes Fleisch aufs peinlichste einschränkten. Kleine und vorsichtig im Tempo abgewogene Schritte konnte ich allenfalls wagen, aber eine rasche Wendung, eine Verbeugung oder gar ein Tanzschritt – ganz unmöglich. Ich teilte dem Freunde meine Wahrnehmungen und Befürchtungen mit.

»Was schadet das?« meinte er, »Verbeugungen? Wer hat gehört, daß ein echter Bandit sich vor irgend jemandem verbeugt? So ein Kerl duckt zum erstenmal den Kopf unterm Galgen. Und tanzen? Du wirst doch nicht tanzen wollen?«

»Das hatte ich allerdings stark vor. Antonie Grollmann, du weißt, das blonde Töchterchen des Professors, kommt mit Mama . . .«

»Ja, mein Lieber, dein echtes Kostüm wird dich mehr befähigen, in stehender Grandezza die Mutter zu unterhalten, als mit der Tochter Polka-Mazurka zu tanzen. Das mag ja nicht ganz im Sinne des Erfinders sein, wie der Professor sagen würde, aber Würde bringt Bürde und der Selige von Frascati verlangt von seinem Nachfolger den Anstand, den er hatte, als er's Licht noch sah – frei nach Friedrich von Schiller.«

Er sagte und zitierte noch mehr; aber ich war ganz von einem neuen Mißstand, den ich soeben entdeckt hatte, in Anspruch genommen. Ich suchte in heller Verzweiflung in dem Beinkleid des Räubers nach einer *Tasche* und fand keine. »Ja, um des Himmels willen,« jammerte ich, »wo soll ich denn meinen Hausschlüssel hinstecken . . . und meine Wachszündhölzer . . . ich will doch nicht auf der dunklen Treppe den Hals brechen . . . Sieh du doch mal nach, Edgar, ob du irgendwo an mir eine Tasche entdeckst . . . Vielleicht in der roten Weste?«

Edgar schüttelte verneinend den Kopf. »Der richtige Bandit hat seine Hände, wie du wissen solltest, immer in *anderer* Leute Taschen. Daher ist es nur logisch gedacht, wenn der für Banditen arbeitende Schneidermeister seinen Kunden keine eignen Taschen an die Hosen anbringt. Wenn ich wirklich noch einen Augenblick gezweifelt hätte, ob dein Kostüm wirklich ganz echt ist – ich tue Abbitte. Die Taschen fehlen. Es *ist* echt! – Es werden sich dadurch bei deinen pedantischen Rentiergewohnheiten allerdings kleine Schwierigkeiten herausstellen, zum Beispiel hast du, glaube ich, noch nicht gelernt, ein Taschentuch ganz zu entbehren . . .«

Daran hatte ich noch gar nicht gedacht; aber – und das fühlt mir jeder nach, dem nicht alles Menschliche fremd ist – ich brauchte nur daran zu denken, um es sofort nötig zu haben.

»Heiliger Antonius, wie soll das werden?« klagte ich, während ich ein frisches Taschentuch aus dem Schrank holte und meine Nase schneuzte, »und ich habe auch noch dazu einen Anflug von Schnupfen!«

»O, das macht nichts,« begütigte Edgar, »du hast ja zweifellos eine Unzahl Bekannter auf dem Fest. Du winkst dir den einen um den andern in eine stille Ecke des Saals, und er hilft dir mit dem seinen aus. Dabei kommt's dir noch zustatten, daß die meisten Leute bei solchen festlichen Gelegenheiten ganz frische Nasentüchlein zu sich gesteckt haben. Mit dem Hausschlüssel ist es freilich ein ander Ding. Da kann dir kaum jemand aushelfen. Wie hat's denn wohl der selige Campagnasohn gemacht? Ja so, der hatte ja keinen Hausschlüssel. Du mußt den Hausknochen eben den ganzen Abend in der Hand halten . . . nein, das geht nicht, dazu ist er nicht klein genug. Warte, jetzt hab' ich's. Du ziehst ihn an einem Bande um den Hals unter das Hemd an, so wie ein Amulett.«

»Ach ja, das geht.« Und ich zog, von dem Freunde unterstützt, zwei zusammengeknüpfte Zigarrenbänder durch den Schlüssel und befestigte ihn mir so um den Hals. Es fror mich zwar über die ganze Körperhaut, wie das kalte Eisen auf die Brust niederglitt, aber Edgar tröstete mich darüber: »Du strahlst so viel tierische Wärme aus,« sagte er, »daß der Schlüssel – du erinnerst dich vielleicht noch aus dem Physikunterricht: Eisen ist ein guter Wärmeleiter; Beispiel: dein eiserner Ofen, der hier das Zimmer in eine Temperatur hineingeheizt hat, mit der die zarteste Kaffernprinzessin zufrieden sein könnte – daß also dein Schlüssel, sage ich, bald die Gluten deines Herzens teilen wird. Ich wette, wenn Fräulein Antonie erscheint, wird der Schlüssel weißglühend.«

Ich bemühte mich unterdessen, die Sandalen an den Füßen zu befestigen und kam zwar zu keinem Resultat, aber zu folgender Betrachtung, mit der ich des Freundes physikalische Erörterungen abschnitt: »Es ist eigentlich eine rechte Dummheit von mir gewesen, zuerst die engen Hosen und die wollene rote Weste anzuziehen, ehe diese verwünschten Sandalen an den Füßen festsitzen.«

»Zu einem ganz festen Sitz bringen es solche Sandalen eigentlich nur bei dem, für dessen Fuß sie geschnitten sind. Mir will es vorkommen, als ob deine Pedale die des ehemaligen Besitzers dieser Fußbekleidungen in allen drei bekannten Dimensionen um ein Beträchtliches überträfen.«

»Aber erlaube mal . . .« wollte ich einwenden, aber er ließ sich nicht irre machen.

»Es kommt hier, wie manchmal auch im sonstigen Leben, weniger auf meine Erlaubnis als auf eine Probe an. Sei so freundlich, mir deine Postamente mal nach der Reihe, so viele du hast, entgegenzustrecken . . . so. Siehst du, zu kurz sind sie, deine Ferse steht hinten vor, aber das macht nichts. Stecknadeln, in die du treten könntest, werden keine im Saal liegen. Breit genug sind sie auch nicht ganz; aber wir haben ja die tüchtigen Riemen, mit denen wir deinen Fuß auf geringeren Raum zusammenschnüren können.«

Ich seufzte.

»Während du da oben seufzest, werde ich mir erlauben, deinen Kammerdiener vorzustellen. So; nun tritt mal zunächst in die Lumpen, jetzt in die Sandalen – so, und nun laß mich mal fröhlich losschnüren. Du mußt nicht immer ›Au‹ sagen; ganz ohne dich zu kneifen, halten die Riemen natürlich nicht. Ich schnüre dir die Blutzirkulation ab, sagst du? Ja doch, du Wißbegieriger, es ist nötig, sonst gehen die Riemen los. Sitzt auch nichts zu locker? Das kannst du beschwören? Um so besser. Und nun marschiere einmal, daß ich sehe, wie das Werk gelungen ist.«

Ich machte einen kleinen Schritt und noch einen. »Edgar,« röchelte ich, »das geht nicht.«

»Gut geht's freilich nicht, aber es geht. Und nun, mein Lieber, werde ich dich mit der braunen Schminke, die ich da auf dem Tisch sehe, vermalen und zum richtigen Banditen machen. Denn dein Gesicht bedarf der ganzen Wildheit, die mit den vorhandenen Mitteln geleistet werden kann, um annähernd so echt zu werden, wie dein Kostüm.«

Und er drückte mich auf einen Stuhl und begann mich mit der Schminkstange zu bearbeiten. Bald fuhr er mir in den Mund, bald in die Nase und ich hatte einen abscheulichen Fettgeschmack auf der Zunge und entsprechenden Geruch in der Nase.

»So,« beendigte er nach einer guten Weile sein Werk, »nun gehe ich und schicke dir eine Droschke. Denn zu Fuß – –« Er stand schon an der Tür, den Hut auf dem Kopf und den Mantel umgeworfen. Da wandte er sich nochmals um, sah mich an und brach in schallendes Gelächter aus.

»Was ist denn los,« erkundigte ich mich ängstlich.

»Ich weiß nicht, aber wenn ich dich so als Banditen sitzen sehe, es geht mir immer wie dem Schusterjungen, der neben des alten Wrangel Gaul herging und übers ganze Gesicht lachte.«

»Wieso denn? Hab' ich noch etwas in Unordnung an mir?«

»Das nicht. Aber wie der Schusterjunge dem ärgerlichen Wrangel antwortete auf seine Frage, warum er immerzu grinste . . .«

»Na, was antwortete er denn?«

»Papa Wrangel,« meinte der Schusterjunge, »wann ick dir sehe, muß ick lachen!«

Ich warf mein Schwammgestell nach ihm, aber er war schon draußen . . .

Na, was soll ich nun von dem Künstlerfest und meinem sogenannten Amüsement auf demselben erzählen. Sie haben ja das Unglück schon kommen sehen, und ich – wie ich so meine Einkleidung zum Banditen berichte – wundere mich selbst, daß ich damals in der Droschke einen Augenblick den naiven Gedanken, der sich unter des Freundes erbarmungslosen Witzen schon zu sterben anschickte, nochmals belebte, den Gedanken nämlich, daß ich mich in engen Hosen, verschnürten Füßen, verklebtem Mund, ohne Taschen und Hosenträger, einen schweren, kantigen Hausschlüssel auf der bloßen Brust einen Augenblick *amüsieren* werde.

Ich trat ein in den wunderbar geschmückten Festsaal. Der Portier lächelte und prüfte meine Eintrittskarte sehr genau, fast beleidigend genau. Ich behielt sie in der Hand, denn ich hatte ja keine Taschen.

Ein paar Mädchen kreischten auf, als ich vorbeikam. Ein bekannter Maler, der sehr nobel und beneidenswert appetitlich als Chinese bei einer bildhübschen Holländerin stand, fand mich »sehr echt«.

Das hob mein Selbstbewußtsein. Ich entdeckte Antonie, meine Antonie – das heißt damals und nur in meinen Träumen »mein«. Sie hat später einen schwerhörigen Apotheker geheiratet, der ein Mittel gegen den Hundewurm entdeckt haben soll, sehr vermögend ist und eine blaue Brille mit dicken Gläsern trägt.

Antonie erkannte mich nicht. Ich fand das sehr scherzhaft und ließ sie raten, wer ich sei. Da riet sie aber auf einige Herren, mit denen Körperbau oder Gesichtszüge zu teilen, mir nie als ein erwünschter Vorzug erschienen war. Etwas indigniert nannte ich meinen Namen.

»Ach – Sie!« Und sie lachte hell auf.

Ihr Lachen aber klang wie das des Freundes, als er gesprochen hatte, wie der Schusterjunge zum Papa Wrangel.

Und dabei sah sie so reizend aus als Elsässerin in ihrem kurzen Mieder, dem knappen, koketten Röckchen und dem Riesenschlupp über den reichen braunen Zöpfen.

»Haben Sie noch einen Tanz für mich?«

Sie ward rot und musterte mein echtes Kostüm, dann sagte sie ganz verwirrt: »Ach, wie schade, nun habe ich gerade den letzten Null-Tanz vergeben.«

Ich machte auf dem Absatz Kehrt. Ich war sehr erbittert und dachte bei mir: »Gans!« Damals hätte ich sie dem Apotheker gegönnt und den Apotheker ihr.

Ich steuerte durch die Türken, Ägypter. Araber, Griechen, Russen und Indianer ans Büfett. Da stand der Professor Knickser, der Bildhauer, der das Fest arrangierte. Als ich an ihn herantrat, zog er die Luft durch die Nase: »Hören Sie, Sie riechen aber wie eine wandelnde Zacherlin-Reklame! Und wie Sie aussehen, Menschenkind. Echt ist ja schöne aber *so* echt! Wo bleibt da der Idealismus!« Und er streckte pathetisch den Arm aus der Toga – denn er war als alter Römer erschienen. »Der Idealismus fehlt, und wo der fehlt, ist keine wahre Kunst!« Auch das noch! – – – – – – – – – – – – – – –

Ich habe kein Talent, mich zu langweilen; aber *einmal* in meinem Leben habe ich mich wahrhaftig sträflich gelangweilt; und das war auf jenem Künstlerfest.

Haben Sie schon einmal fünf Stunden lang nicht gesessen und keinen raschen Schritt gewagt, nichts essen können und engverschnürte Füße schmerzlich empfunden? Haben Sie schon mal fünf Stunden nach Kampfer und Schminke gerochen, kein Taschentuch besessen, aber eines nötig gehabt? Haben Sie schon einmal fünf

Stunden unausgesetzt mit der furchtbaren Ahnung gekämpft, daß im nächsten Augenblick Ihre Hosen fallen, und dabei Ihren Hausschlüssel verloren? Haben Sie schon einmal zwanzig Minuten in der Nacht im Regen vor einem Hotel Ihrer Vaterstadt gestanden, und sind schließlich der Schrecken eines schlaftrunkenen Hotelpersonals geworden, das Sie für einen Gauner hielt? Nicht? Na, dann kommen Sie zu mir; ich gebe Ihnen die Adresse eines befreundeten Malers, der leiht Ihnen sein »echtes Banditenkostüm« und Sie gehen darin auf ein Kostümfest!

Weihnachten in einer kleinen Garnison.

(Aushängebogen aus dem neuesten patriotischen Roman eines Bilse-Schülers.)

. . . Der Rittmeister Nulpe rülpste. Er hatte sich das so angewöhnt; und alle Vorstellungen der Kommandeuse, die das nicht leiden konnte, hatten ihn nicht davon abgebracht. Seit er den liebeglühenden Brief der Kommandeuse an den Piccolo im »Blauen Dorsch« in Händen hatte, war er überhaupt ganz taub gegen das Geschnatter der Kommandeuse. Wenn sie zusammen eingeladen waren, ließ er sich von ihr die Käsebrötchen schmieren. Und einmal – bei Blödemanns – mußte sie ihm sogar die Stiefel ausziehn, weil er der perversen kleinen Frau des Hauptmanns von Lindhengst seine Hühneraugen zeigen wollte.

Rittmeister Nulpe sah ärgerlich nach der Uhr, die er erst vorgestern beim Juden abgehängt hatte. Daß auch seine Frau nicht kam! Er wußte es ja, sie war mit dem Fähnrich von Hinkelsporn im Hinterzimmer der »Krone«, wo das alte Ledersofa stand, das die schönere Hälfte der Regimentsgeschichte hätte erzählen können. Aber gerade *heute* hätte sie doch mal die kleine Rücksicht nehmen können, früher nach Hause zu kommen. Es war doch schließlich *Weihnachten!*

Na ja, er war dem Fähnrich fünfzehn blaue Lappen schuldig. Aber dafür wußte er doch auch, daß der Fähnrich den Stabsarzt neulich mit gezeichneten Karten um sein ganzes mütterliches Erbe geprellt hatte. Der Stabsarzt hatte sich später im Stall an einer Trense erhängt. Es war eine unangenehme Geschichte; besonders weil gerade am Nebenhaken noch der Trompeter vom Tag zuvor hing, den die besoffene Stallwache abzuschneiden vergessen hatte . . .

Im Nebenzimmer tobten die Kinder und wollten beschert haben. Na, in drei Teufels Namen, so mußte der Rittmeister eben *selbst* den Baum putzen. Denn schließlich – Weihnachten! Man muß doch »Christentum markieren«, wie die rote Anne damals sagte. als er ihr unter der Bluse das Heiligenbildchen hervorzog . . .

Also los. Konfekt – war nicht da. Der Rittmeister aber war ein kluger Kopf, was sich schon äußerlich darin zeigte, daß er entsetzlich schielte und daß ihm immer die Nase lief. Er band also ein Dutzend Revolverpatronen an grüne Fädchen und ein Dutzend Hühneraugenringe, die er immer bei sich hatte, an blaue Fädchen und schnitt aus sieben unbezahlten Rechnungen und einem Ehrengerichtsprotokoll rasch ein paar Papierquästchen. Zu dumm, daß er gerade gestern den Burschen halbtot geprügelt und der jetzt mit einem Schädelbruch im Lazarett lag. Wie schön hätte der ihm helfen können!

Der Gouvernante war nichts zuzumuten. Sie stand, ebenso wie die Köchin, direkt vor der Niederkunft; und wenn er die beiden Weiber ins Zimmer ließ, plagten sie ihn mit Vorwürfen. Einfach ekelhaft! Ja, wenn er seinen Humor nicht gehabt hätte!

So pfiff er das schöne Lied: »Karlinchen mit dem Selleriekopp – Allez, hopp, hopp, hopp – Allez, hopp, hopp, hopp –« vor sich hin und schmückte den Christbaum.

Die Kinder im Nebenzimmer machten gräßlichen Radau. Die Gouvernante las im Hinterzimmer Sacher-Masoch. Der Rittmeister hatte ihr die pikanten Stellen alle blau angestrichen und noch ein paar saftige Bemerkungen an den Rand geschrieben.

So waren die Kinder sich selbst überlassen. Der Älteste hatte einen Wasserkopf, ganz denselben Wasserkopf, wie der Friseur der Frau Rittmeister. Das Mariechen sah dem hübschen Briefträger zum Verwechseln ähnlich und stahl auch schon lustig Briefmarken. Fritzchen, der Kleinste, aber war ganz schwarz. Die Frau Rittmeister sollte sich damals an dem Holzneger im Kinkelmannschen Zigarrengeschäft »versehen« haben. Im Kasino hatte man eine einfachere Erklärung. Man erinnerte sich jener Hagenbeck-Karawane von Sudannegern und des kräftigen Ali Ben Mehmed, der immer in den Kaffeekränzchen der Regimentsdamen den Schwertertanz tanzen mußte.

Die Frau kam immer noch nicht.

Jetzt war ihm schon alles egal. Sollte er wegen den dummen Gören sein Rendezvous mit Minchen Müller mit den aufregenden Sommersprossen, der hübschen Tochter des Schlächtermeisters versäumen? Und gerade *heute*, wo sie doch gestern erst den Lehrling, den Aufpasser, mit Strychnin vergiftet hatten und also nichts zu fürchten war ...

Ärgerlich goß er Petroleum über den Baum – Lichter aufzustecken war denn doch zu kindisch und mühsam – und steckte ihn an.

Gerade als die Gardinen anfingen zu brennen und die Kinder hereingelassen waren, kam auch die Frau. Sie war recht betrunken und roch nach schwedischem Punsch. Er war ärgerlich und gab ihr eine solche Ohrfeige, daß ihr die Mütze des Fähnrichs, die sie sich aus Neckerei aufgesetzt hatte, vom Kopf fiel.

Die Köchin schrie aus der Küche in Kindsnöten. Der Wasserkopf und das Mariechen sangen: »Stille Nacht, heilige Nacht.« In dem kleinen Neger aber waren wildere Ahnentriebe erwacht. Er nahm ein Küchenmesser, tanzte um den brennenden Baum mit funkelnden Augen und sang eine blutdürstige Sudanweise dazu.

Draußen schlich sich gerade mit aufgestelltem Rockkragen der Oberst vorbei. Er hatte eine Axt und eine Schippe unter dem Mantel und ging auf den jüdischen Friedhof, die Leiche der Frau Rosa Mandelbaum auszugraben, die, wie er wußte, mit drei Brillantringen am Finger beerdigt worden war. Und morgen wurde die Regimentskasse revidiert.

Ende.

Über tredition

Eigenes Buch veröffentlichen

tredition wurde 2006 in Hamburg gegründet und hat seither mehrere tausend Buchtitel veröffentlicht. Autoren veröffentlichen in wenigen leichten Schritten gedruckte Bücher, e-Books und audio-Books. tredition hat das Ziel, die beste und fairste Veröffentlichungsmöglichkeit für Autoren zu bieten.

tredition wurde mit der Erkenntnis gegründet, dass nur etwa jedes 200. bei Verlagen eingereichte Manuskript veröffentlicht wird. Dabei hat jedes Buch seinen Markt, also seine Leser. tredition sorgt dafür, dass für jedes Buch die Leserschaft auch erreicht wird.

Im einzigartigen Literatur-Netzwerk von tredition bieten zahlreiche Literatur-Partner (das sind Lektoren, Übersetzer, Hörbuchsprecher und Illustratoren) ihre Dienstleistung an, um Manuskripte zu verbessern oder die Vielfalt zu erhöhen. Autoren vereinbaren direkt mit den Literatur-Partnern die Konditionen ihrer Zusammenarbeit und partizipieren gemeinsam am Erfolg des Buches.

Das gesamte Verlagsprogramm von tredition ist bei allen stationären Buchhandlungen und Online-Buchhändlern wie z. B. Amazon erhältlich. e-Books stehen bei den führenden Online-Portalen (z. B. iBookstore von Apple oder Kindle von Amazon) zum Verkauf.

Einfach leicht ein Buch veröffentlichen: **www.tredition.de**

Eigene Buchreihe oder eigenen Verlag gründen

Seit 2009 bietet tredition sein Verlagskonzept auch als sogenanntes "White-Label" an. Das bedeutet, dass andere Unternehmen, Institutionen und Personen risikofrei und unkompliziert selbst zum Herausgeber von Büchern und Buchreihen unter eigener Marke werden können. tredition übernimmt dabei das komplette Herstellungs- und Distributionsrisiko.

Zahlreiche Zeitschriften-, Zeitungs- und Buchverlage, Universitäten, Forschungseinrichtungen u.v.m. nutzen diese Dienstleistung von tredition, um unter eigener Marke ohne Risiko Bücher zu verlegen.

Alle Informationen im Internet: **www.tredition.de/fuer-verlage**

tredition wurde mit mehreren Innovationspreisen ausgezeichnet, u. a. mit dem Webfuture Award und dem Innovationspreis der Buch Digitale.

tredition ist Mitglied im Börsenverein des Deutschen Buchhandels.

Dieses Werk elektronisch lesen

Dieses Werk ist Teil der Gutenberg-DE Edition DVD. Diese enthält das komplette Archiv des Projekt Gutenberg-DE. Die DVD ist im Internet erhältlich auf **http://gutenbergshop.abc.de**

Zeitfracht Medien GmbH
Ferdinand-Jühlke-Straße 7
99095 Erfurt, Deutschland
produktsicherheit@kolibri360.de